2080년의 낭만

십대의 원고지 01
2080년의 낭만

초판 2쇄 발행 2023년 4월 21일

지은이 | 이하은
펴낸곳 | (주)태학사
등록 | 제406-2020-000008호
주소 | 경기도 파주시 광인사길 217
전화 | 031-955-7580
전송 | 031-955-0910
전자우편 | thspub@daum.net
홈페이지 | www.thaehaksa.com

편집 | 조윤형 여미숙 김선정
디자인 | 이영아
마케팅 | 김일신
경영지원 | 김영지

ⓒ 이하은, 2023, Printed in Korea.

값 14,500원
ISBN 979-11-6810-123-4 (43810)

'주니어태학'은 (주)태학사의 청소년 전문 브랜드입니다.

디자인 | 이영아
본문 그림 | 이하은

십대의 원고지는

21세기에 세상에 나와 100년 후 세상을 꿈꾸고 설계하며
가꾸어 나갈 10대들의 글입니다.

십대의
원고지 01

2080년의 낭만

이하은 소설

주니어태학

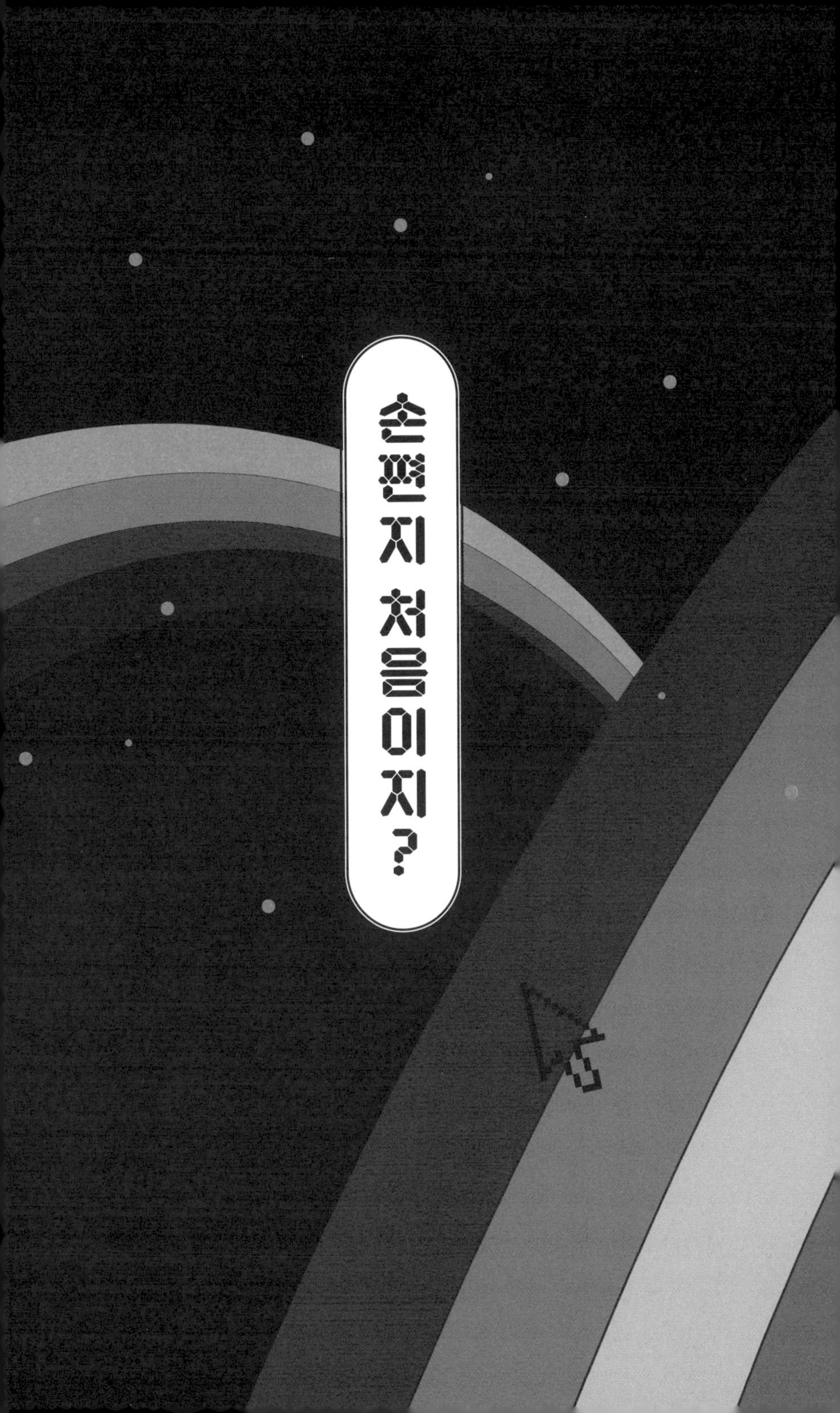
손편지 처음이지?

◇◇

2079. 10. 31.

친애하는 펜시어에게

안녕 펜시어. 네가 센터로 돌아와서 책상 위에 놓인 이 편지를 확인하면 어떤 표정을 지을지 정말 궁금하다. 한동안 내가 직접 확인할 길은 없겠지만. 나, 내일 미르 구역에 입주하거든. 네가 편지를 발견했을 때 난 이미 미르 구역에 들어가 있겠구나.

온종일 우리 그룹 애들이랑 난리 법석을 떨면서 작별 인사를 했지만, 역시 한 해를 꼬박 떨어져 지내야 하니, 번듯한 글이라도 남겨야겠다는 생각이 들었어. 계속 미성년자 학생 인턴을 위한 오리엔테이션을 받느라 내가 미르 구역에 입주 신청을 해야 했던 이유를 진지하게 이야기할 시간이 없기도 했고.

너도 알다시피, 과거에 사람들은 과학의 신화에 취해서 미르를 포함해 많은 구역을 지정하고 각 구역에 성급하게 대규모 발전시설들을 세워댔어. 위험성에 대한 의혹이 제기되어도 그걸 잠재우기 위해서 더욱 무리해서 시설들을 가동했고. 사람들은 정말 멍청한 실수를 한 거야. 결국 그곳 발전시설이 처음 폭발했을 때, 제대로 된 원인 규명도 하지 못해 시간을 지체하기만 했잖아. 연쇄적으로 이어진 다른 구역들의 폭발도 막지 못했어. 발전소 폭발 사고는 생태계를 망가뜨리고 많은 사람의 목숨을 앗은, 반복되어서는 안 되는 사고였어. 살아남은 우리는 —나는 기여한 게 없으니 '우리'가 맞는 표현인지 모르겠다— 어쨌든 오염을 막기 위해 특수 차단재로 된 벽을 세우고, 모든 걸 덮어두기로 했어. 하지만 그건 일시적인 조치일 뿐이야. 우리가 손 쓸 만한 상태가 되면 우리 스스로 파괴된 만큼의 자연을 복구해야 한다는 사실을 잊어선 안 돼. 난 인간으로서 이런 책임을 외면하지 않을 거야.

게다가 펜시어, '우리'는 발전소 폭발의 아픔에서 기원한 거나 다름없는 사람들이잖아. 발전소 폭발로 목숨을 잃거나, 평생의 보금자리가 산산조각 나고, 자의로든 타의로든 가족들의 손을 놓고 흩어졌던 수많은 이들을 떠올려봐. 보육센터는 나의 집이고, 센터 선생님들이 나의 부모님이고, 우리 그룹 애들이 내 형제자매들인 것과는 별개로, 어떤 질문이 마음속에 떠오르는 건 떨칠 수가 없더라. '그 많은 사람 속에 나의 기원이 되는 사람도 있었겠지?' 하는 질문.

화기애애한 분위기 속에서 이 말을 꺼내는 게 쉽지 않았어.

그래서 너만 조용히 읽을 수 있도록 글로 남기기로 한 거야. 정말로 많은 아이들이 혼자가 되었어. 말을 꺼내는 것만으로도 참담한 심정이 될 정도로 많은 사람들이. 발전소 인근 지역들은 한동안 무법지대가 되어버렸지. 각종 불법 인체 시술을 하는 업체들에게, 혼자가 된 애들만큼 좋은 먹잇감이 없었을 거야.

난 운 좋게 정말 어릴 때 시술 업체에서 구출될 수 있었어. 그래서 나쁜 기억은 거의 없다시피 하지만, 거울을 볼 때마다 내 몸에서 지워지지 않을 그곳에서의 흔적을 대면해야 해. 불법 홍채 미용시술을 위한 실험물로 사용되면서 얻은 아주 부자연스러운 색깔의 눈동자 말이야. 사정을 깊이 모르는 사람들은 근사한 색이라고 칭찬해줄 때도 있어. 칭찬에 담긴 호의는 언제나 고맙지. 기껍고. 내 눈을 볼 때마다 끔찍한 기억이 떠올라서 괴롭다거나 하지도 않아. 그런 것들이랑 별개로, 이건 내가 담고 살아가야 하는 복잡한 감정의 덩어리야. 고통도 쓸쓸함도 적절한 단어가 아니라서, 덩어리라고밖에 표현할 수가 없네.

어쨌거나 내가 미르 구역 발전소 폭발로 고아가 되었는지, 아니면 아예 다른 지역에서 태어난 아이였는데 흘러 흘러 미르 근처까지 갔는지, 확실하게 알 수 있는 건 하나도 없지. 하지만 그게 바로 내가 미르로 가야 했던 중요한 이유 중 하나야. 내가 거울을 보고 이 눈을 마주할 때마다 속에 남아 있는 미약한 슬픔을 느낀다면, 어떻게 손 놓고 있을 수 있겠어. 이렇게 오래도

록 남아 있는 감정의 기원일 수도 있는 곳을 내 손으로 바로 세운다는 건 얼마나 멋진 일이야!

걱정할까 봐 말하는 건데, 미르 구역의 안전성은 언론이 걱정하던 만큼 심각하진 않아. 한때 발전소 폭발로 근처 생태계가 모두 파괴된 죽음의 금지구역이었을지 몰라도, 발전소 사고가 난 건 36년 전 일이잖아. 나는 36년 동안의 철저한 분리가 미르 구역 생태계가 자정할 수 있는 시간을 주었다고 생각해.

VR 투어에서 확인한 바에 따르면, 미르 구역을 둘러싸고 있는 거대한 흰 벽은 입주민 숙소까지 그림자를 드리울 정도지만, 고개를 들었을 때 보이는 하늘은 바깥과 다를 게 없어. 한동안 미르는 죽음의 땅으로 불렸지만, 이제는 아름다운 가로수와 산책로, 잔디가 깔린 공원과 화단까지 들어섰어. 벽 너머 지역과 다를 바 없는 평화롭고 아름다운 풍경이지. 멍하니 잔디밭만 바라보고 있으면 거대한 벽마저도 잊을 정도야.

아무튼, 펜시어. 아직 완전히 정화된 것이 아닌 건 사실이지만, 생태 분야 전문가들이 먼저 이곳에 입주하고 충분한 연구와 공인이 이루어진 후에 복원작업에 민간인 지원자를 받게 된 거야(내가 이 얘기를 너한테 몇 번이나 하는 건지 모르겠다. 제발 안심해, 제발!). 게다가 입주민들 주거지역은 토질오염과 수질오염이 심각

한 구역에서는 철저히 분리되어 있고, 그곳에 들어가는 몇몇 분들은 모두 방호복을 철저히 입고 들어가서.

나는 학생 인턴으로서 주거지역과 멀리 떨어지지 않은 바이오실험실에서 오염지역에 심을 나무들을 관찰하는 일을 배정받았어. 오염이 심하지 않은 곳에 한해서 매일 오후 2시에서 3시까지 정화작업도 하고 말이야. 보낼 수 있으면 나중에 편지와 함께 내 나무관찰일지 복사본을 보내줄게. 미르 구역 안쪽은 통신이 안 되니까 앞으로도 이렇게 편지를 쓰는 수밖에 없어. 면회도 안 되고 외출은 더더욱 안 되지. 그뿐만 아니라 미르 안쪽에서는 바깥쪽으로 물건을 보낼 수도 없어!

내가 입주한 뒤로는 편지를 보낼 때마다 실물인 종이 대신 홀로그램 복사본이 발송될 거야(이게 내가 앞으로 1년 동안 남길 수 있는 유일한 실물 편지라는 소리야). 21세기 말에 손편지라니 불편하다고 생각할 수도 있지만, 난 이 점이 무척 마음에 들어.

편지쓰기에는 홀로행아웃과 다른 점이 있다고, 펜시어. 반드시 쌍방향으로 통신 될 필요가 없다는 거지. 이런 게 편지의 정말 훌륭한 점들 중 하나 아닐까? 다른 것들에는 없는 낭만이 있다는 거 말이야. 홀로행아웃은 통화를 요청하면 반드시 한쪽이 수락해야만 이어지잖아. 하지만 편지란, 받는 쪽이 수락하지 않아도 새처럼 날릴 수 있는 각자의 속마음 그 자체야. 그걸 문자로 표현한 것뿐이지.

어, 잠시만. 넌 또 이게 메신저와 다른 점이 뭐냐고 투덜거리겠지. 하지만 네가 직접 편지를 써보면 알겠지만, 손가락 근육을 움직여서 글자를 적는 것과 스크린을 두드려서 문자를 찍어내는 건 정말 다르단다. 일단 길이도 확연히 다르지! 탁구 치듯이 말에 대한 대답을 단편적으로 보내는 게 아니라, 며칠 간 생각의 흐름을 그대로 접어서 종이 위에 올려놓는 거야. 그러니까 내가 편지 쓰는 동안 사용한 시간과 손가락 근육은 온전히 받는 사람 몫이라는 거지. 이 편지에 담긴 내 시간과 손가락 근육은 이제 네 거라고, 펜시어. 아무도 뺏어갈 수 없는 고유한 것이지! 그래, 바로 이게 편지쓰기의 낭만이야.

네가 이 낭만을 깨닫기까지 꽤 오랜 시간이 들 거라는 생각이 든다. 하지만 내가 이곳에 있는 기간도 1년이니까 그 정도면 낭만을 배우기 충분할 거라 생각해. 너한테 이 편지와 함께 편지봉투와 편지지 세트도 남겨두고 갈게. 뜯어서 쓰는 100매짜리니까, 1년 동안 쓰고도 한참 남겠지. 홀로행아웃*은 못 하지만, 대신 그걸로 편지를 보내줘.

그럼, 돌아갈 날을 기다리며.
너의 가장 좋은 친구, 테멜다로부터

* 2070년대에 가장 보편화된 홀로그래피 통화 앱.

추신 : 와, 편지를 쓴다면 언제나 이 '추신'을 꼭 써보고 싶었어. 어쨌거나 빠트린 얘기가 있어서 추가해. 내 옆방 양쪽에는 자한이라는 동갑내기 친구와 식물학자인 율리안나 누나가 살게 될 거래. 잠깐 홀로행아웃으로 대화해본 게 전부이긴 하지만, 다들 좋은 사람들 같아 보여.

쓰고 쓰고 또 써 부친 편지들

◇◇◇◇◇◇◇◇◇◇◇◇◇◇◇◇◇◇◇◇◇◇◇◇◇◇◇◇◇◇◇◇◇◇◇◇◇◇

2079. 11. 3.

멜에게

안녕 멜. 나야. 홀로행아웃을 할 수 없으니까 네 말대로 이렇게
편지를 써.

어떻게 지내고 있어? 아마 그 미르 구역이라는 곳에 머물려
면 많이 고되겠지. 의무적으로 참여한다는 그 정화작업은 어
때? 그것도 엄청 힘들겠지. 나중에 우는소리나 하지 마.

애초부터 난 오염된 금지구역을 복원하는 프로젝트에 민간
인 지원을 받는 것 자체가 이해가 안 가. 그리고 그런 곳에 자원
해서 입주하는 너는 더 이해가 안 되고. 네가 그런 오지에 가 있
으니까 홀로행아웃도 안 되고, 통화도 안 되고, 뭣도 안 되고……
팔자에도 없는 편지를 써야 하잖아. 네 편지의 홀로그램 스캔본
만 받을 수 있는 것도 웃겨. 통신 제한 규정이 말도 안 되게 엄하
네.

네가 미르 구역에 있는 덕분에 내 글씨가 얼마나 심각한지 실시간으로 확인하고 있다. 네가 말한 그 편지쓰기의 낭만이라는 게 이런 거야? 엉망진창인 글씨체를 내 눈으로 확인하는 거?

　어쨌든, 거기서 잘 지내고. 하루빨리 돌아오길 바라. 우리가 공식적으로 보육센터 소속인 것도 내년이 마지막이니까.

펜시어가

멜에게

어, 그래. 편지쓰기의 낭만을 터득하지 못해서 정말 미안하다. 그렇다 하더라도 그걸 다른 사람들한테 막 보여줘? 너 돌아오면 두고 봐.

2학년이 거의 마무리 되어가고 있어. 2학년 학기말은 뭘 하기가 참 애매한 시간이야. 요새 시간이 많이 비어서 프로메트 선생님이 날 거의 센터의 심부름꾼으로 쓰고 계셔.

어제 새로운 애들 대여섯 명이 막 구조됐어. 다들 여섯 살도 채 안 되는 꼬마들이야. 이번에도 고아를 실험체로 쓰는 불법 미용시술 업소였지. 홍채 염색하는 데였다는 거 같아. 망할 놈들. 그래도 이제라도 발각되어서 다행이야.

어쨌든 그 일 때문에 우리 센터에 이번 달에 새 그룹이 두 개나 등록됐어. 유아교육 과정부터 시작하는 완전 새로운 그룹이 두 개나. 걔들을 우리 센터 데이터베이스에 등록하는 잡다한 서류 처리는 다 내가 처리했어. 오늘부로 걔들은 우리 보육센터 소속이야. 원래 계셨던 선생님들이 더 바빠지실 거야. 프로메트 선생님은 센터장이시니까 말할 것도 없고.

하지만 다들 네 연락을 기다리고 계셔. 특히 사서 선생님들. 네가 만든 독서클럽을 내팽개치고 조기 독립해 나가는 바람에 안 그래도 서운해하시는데. 연락 좀 드려. 아님, 내가 안부 전해 드려도 되고.

정화작업이랑 바이오실험실 작업 열심히 하고, 몸조심해. 정신없을 텐데 괜히 무리해서 편지 쓰지도 마. 홀로그램 편지를 넘겨보는 건 도무지 익숙해지지 않네. 그러니까 얼른 돌아와. 편지 쓰는 건 불편하지만, 읽는다면 실물이 더 나으니까.

펜시어가

2079. 11. 13.

멜에게

나무관찰일지는 잘 받았어. 내 기억이 맞다면, 이건 네가 1학년 때 시험공부 하다 말고 매달렸던 주제 아니야? 사이보그 나무를 통한 통제된 소생태계 구성이었나…… 네가 아주 거창한 프로젝트명을 붙였다는 건 기억 나. 프로메트 선생님이 키우는 재스민 나무에 미세 칩을 주입하고 전자 가지를 달고 갖은 난리를 치다가 결국 그 나무가 장렬히 사망했지. 그룹 애들은 재스민 나무의 장례식을 치러주겠다고 법석을 떨고, 넌 침울해 있었고. 그땐 우리 그룹에서 이성적인 사람은 나뿐인가, 하는 생각도 했어. 결국 그 나무 장례식을 네 방에서 치렀지, 아마? 내가 네 방 들어갈 때마다 한동안 마른 나뭇잎 굴러다녔는데 기억나?

미르에 있는 네 숙소에도 나뭇잎이 굴러다니고 있는 건 아니겠지. 네가 센터에서 우리 그룹이랑 함께 살 때처럼 매번 방에 들러서 잔소리할 사람도 없는데, 걱정이다. 이건 네가 조기 독립 할 때부터 걱정이었어.

아무튼. 아직 로봇 나무에 대한 미련을 버리지 못한 모양이네. 그래도 미르 구역에 요긴하게 쓰일 아이디어는 맞는 것 같더라. 이런 복구작업엔 섬세한 모니터링이 필요할 테니까. 성과가 있길 바라. 갑자기 미란다 선생님이 과제 폭탄을 내주셔서 밤낮으로 수학책에 코를 박고 있어. 내가 2학년이 뭘 하기 애매한 시간이라고 그랬던 것 같은데, 그 말 취소한다. 나 지금 엄청 바빠. 지금도 봐, 코란도 형한테서 홀로행아웃 요청이 왔잖아. 아마 아까 학교에서 붙잡고 있던 7번 문제를 물어보려는 걸 거야. 난 10분 만에 풀었거든. 아무튼, 이만 가볼게.

펜시어가

◇◇◇◇◇◇◇◇◇◇◇◇◇◇◇◇◇◇◇◇◇◇◇◇◇◇◇◇◇◇◇◇◇◇◇◇◇◇

2079. 11. 23.

멜에게

네가 없는 보육센터의 일상이 궁금했겠지. 결론부터 말하자면 그룹 애들은 다 잘 지내. 벌써 다들 2080년을 준비하고 있어. 단소는 보육센터에서 하는 중등교육 프로그램을 듣기 시작했어. 이제 내년이면 중학교에 들어가니까 걱정이 늘었나 봐. 라타랑 미키한테도 신청해보라고 했는데 다른 활동을 하느라 영 관심을 보이지 않네. 튜르는 보육센터에 조기 독립 신청을 할까도 고민하는 것 같던데. 기숙사로 들어가고 싶은 것 같아. 프로메트 선생님은 튜르가 조기 독립 신청을 하지 못하게 하려고 필사적이셔. 유아교육 과정부터 시작하는 새 그룹이 우리 센터에 들어와서 한창 바쁘신 와중에도 말이야.

센터 도서관 사서 선생님들과 하던 독서클럽은 순탄하게 지속되고 있어. 부장인 네가 조기 독립으로 나가버려서 한동안 해체 위기였지. 그리고 어쩌다 그냥 부장이 없는 체제로 가기로 했어.

우리 그룹 애들, 다들 네가 나가서 기분이 복잡한가 봐. 나도 그래. 7살부터 같은 그룹에 배정받아서 매일 함께 생활했는데 이제 내가 이 그룹의 유일한 맏이라니. 솔직히 말해서 조금 우울하기도 하고, 우울한 기분에 푹 빠져서 이런저런 기억을 되짚어보는 건 나쁘지 않은 것 같기도 하고. 아무튼 종합해서 아주 웃기는 기분이야. 솔직히 말하자면, 기억을 제대로 되짚어보기엔 요새 정신이 너무 없어. 라타, 미키, 튜르, 단소, 이 망나니들이 호실 안에서 한시도 가만히 있질 않아서.

애들은 네가 나간 후로 혼자 남은 맏이를 위해서라도 얌전하기는커녕 더 신나서 날뛰고 있어. 널 그리워하는 건 그리워하는 거고, 우리 그룹 호실의 네가 쓰던 방을 누가 차지하느냐로 의견 대립이 팽팽하다. 지금까지는 빈방인 채로 두고 다용도실로 써먹었거든. 애네들을 혼자 돌보려니까 힘들어 죽겠다. 그러니까 빨리 돌아와.

펜시어가

◇◇

2079. 11. 30.

멜에게

축하해, 바이오실험실에서 학생보조로 널 선택하다니. 네가 한다는 '중요한 실험'이란 게 뭔지 모르겠지만 어쨌든 학생 인턴 중에서도 소수만 뽑혀서 간다는 거지? 넌 당연히 될 줄 알았어. 너보다 잘해낼 애는 없을 테니까.

　그리고, 어김없이 걱정이 된다. 넌 걱정하지 말라고 했지만. 정말 솔직히 말해서 그게 가능하다고 생각해? 언론에서 올해 초부터 미르 구역 민간인 입주자들에 대해서 떠들어댔는데……. 내가 네 안전에 신경 쓰지 않는 게 가능하겠냐고. 실험실은 가장 안전한 주거지역보다 더 깊숙이 위치할 거 아냐. 방호복을 입든 뭐든, 늘 조심하겠다고 약속해. 얼른 끝내버리고 주거지역으로 돌아와.

　　　　　　　　　　　　　　　　　　　　펜시어가

◇◇◇◇◇◇◇◇◇◇◇◇◇◇◇◇◇◇◇◇◇◇◇◇◇◇◇◇◇◇◇◇◇◇◇◇

2079. 12. 1.

받는 이: '펜시어'님

-입주민 테멜다님은 내부 프로젝트에 참여하는 관계로 외부 물
품 전달이 어렵습니다. 11월 30일에 보내신 편지는 테멜다님
이 주거지역으로 돌아온 후 전달될 예정입니다.

감사합니다.

보낸 이: 미르구역 바이오실험실
실장: 해르마

◇◇◇◇◇◇◇◇◇◇◇◇◇◇◇◇◇◇◇◇◇◇◇◇◇◇◇◇◇◇◇◇◇◇

2080. 1. 3.

친애하는 멜에게

안녕 멜.

답장으로서 보내는 게 아닌 편지는 역시 좀 어색하다. 혼잣말하는 거 같아서 뻘쭘해.

원래는 네가 내부 프로젝트에서 나오기까지 편지 같은 거 안 쓰려고 했거든. 근데 한 달 즈음해서 너에게 편지를 보낸 이후, 내가 너무 짧게 쓴 건 아닌가 하는 생각이 계속 들었어. 그리고 네가 2079년 10월 31일에 두고 간 편지를 읽어봤지. '친애하는 펜시어에게'로 시작하고, '너의 가장 좋은 친구, 테멜다로부터'로 끝나는 그 편지 말이야. 길이는 편지지 세 장을 꽉 채우고도 넘어가더라. 그래서 나도 이번에는 '친애하는 멜에게'로 시작하고, '네가 속히 귀환하길 바라는 펜시어가'로 끝나는 편지를 쓰려고 해. 너처럼 길게 이어질 수 있을지 모르겠지만.

가장 전해주고 싶었던 소식은 이거야. 오늘 오랜만에 클레아드 형을 만났어. 아타락시아에서 휴가차 이 도시에 왔대. 센터에서 독립하고 나서 형은 아주 많이 바뀌었어. 그 전에 홀로행아웃으로 보긴 했지만, 홍채를 녹색으로 바꾸고 머리를 길게 기른 형을 직접 보는 건 느낌이 또 다르더라. 겉모습만 보면 아주 자유분방한 예술가야.

형이 오늘 아타락시아의 생활에 대해서 자세히 이야기해줬어. 전에 너도 보육센터에서 완전히 독립하면 아타락시아에 가보고 싶다고 했잖아. 예술과 쾌락이 유일한 목적인 인공 섬은 죽기 전에는 꼭 가야 한다면서. 그러니까 이번 편지에서는 형이 들려준 아타락시아 이야기를 자세히 써볼게.

아타락시아에서 형의 조각가 일은 정말 잘 풀리고 있나 봐. 형은 지금 아타락시아에서 가장 큰 미술관의 지원을 받아 작품 활동을 계속하고 있고, 작품들도 관심을 받고 있대. 그리고 애인도 사귀었다더라고. 웨일턴이랬나, 그림을 그리는 사람이래 (형의 애인 자랑을 듣느라 죽는 줄 알았어. 살려줘).

형의 스튜디오는 지원을 받는 미술관과 조금 떨어져 있대. 아타락시아에서 그나마 한적하고 평화로운 곳인가 봐. 그래도 스튜디오 유리 벽면 쪽에서는 번화가 불빛이 늘 보인대. 형은 작업에 방해받지 않기 위해서 밤에도 썬탠 기능을 켜고 있어야 한다나.

아타락시아에는 늘 많은 사람들이 오고 간대. 일주일 중 6일은 새벽이 되어도 거리에 불빛이 가득하고, 음악 소리는 요란하다나 봐. 형은 그런 분위기도 좋지만, 조용히 작품 활동할 수 있는 고요한 날도 필요하대. 그래서 아타락시아 설계자들이 고안한 게 '휴식의 수요일 밤'이라고 했어. 매주 수요일만은 밤 9시가 넘으면 아타락시아 모든 간판의 불을 끄고 특정 도로는 주행을 제한한대. 자연 속에서 하나 되는 운치를 느끼기 위해서.

도심의 멋과 자연의 멋을 어떻게든 꾸역꾸역 느끼려는 점이 우습기도 하더라. 들으면 들을수록 아타락시아는 허영심 넘치는 섬 같던데. 물론 너는 그래서 가고 싶어 하는 거겠지. 인간이 추구하는 사치의 끝을 네 눈으로 확인하러.

네가 그곳에서 나오고 나서, 내년에. 우리가 보육센터에서 독립하는 해에, 한 번 같이 가보자. 클레아드 형이 일하는 미술관에도 가고, 그 우스운 수요일이 되면 그 섬에 조성된 드넓은 공원으로 가서 산책도 하는 거지.

맞아, 나 지금 너 빨리 나오라고 설득하는 중이야. 그러니까 속히 그곳에서 나와. 나와서 빨리 이리 와. 네 마음대로 되는 게 아니라고? 내가 그걸 고려해줄 만큼 세심해 보이냐?

아, 그리고 조금 늦었지만 새해 복 많이 받아. 열여덟 살이 된 걸 축하해.

네가 속히 귀환하길 바라는,

펜시어가

2080. 1. 5.

테멜다에게

안녕! 테멜다. 네가 놀랄만한 사실 하나 말해줄까. 나 오늘 센터에서 신청했던 방학 프로그램 하나도 안 들었어. 몸이 좋지 않다고 하고 보육센터를 몰래 빠져나왔지.

난 도서관 창고 벽을 타고 올라가서 지붕에 저녁까지 앉아있었어. 네가 자주 올라가 있던 그곳. 사실 지금도 그 지붕 위에있어. 이 편지도 지붕에 앉아서 쓰고 있는 거야. 네 통탄해할 표정이 눈에 선하다. 넌 늘 나를 이 지붕 위로 끌어들이고 싶어 했잖아.

오늘은 프로메트 선생님이 수업에 들어오는 날이었어. 그걸알고도 여기 오기로 선택한 건 조금 위험했지만, 지금까지 메시지 알람이 오지 않는 걸 보니까 선생님께서도 크게 혼낼 생각은없으신 것 같아…… 없으시다고 믿고 싶다. 네 생각은 어때?

있잖아, 멜. 네가 하교하고 나서 시간이 빌 때마다 여기 누워 있는 이유를 모르겠다고 생각했어. 너는 매일, 생애 처음으로 하늘을 보는 듯한 눈을 하고 가만히 누워 있는데, 난 그게 안 되더라. 하늘은 늘 똑같은 하늘이고, 구름 흘러가는 것도 별반 다를 건 없잖아. 오늘 널 따라 해봤는데 계속 보다 보니까 지루하기만 했어. 햇빛 때문에 눈도 아프다. 그래도 입 다물고 보고 있으니까 네가 뭘 좋아했는지는 짐작할 수 있을 것 같아. 한가로워 보이는데 끊임없이 움직이고 있는 것들. 정말 너답다 싶었어.

이것 봐. 네가 센터에 없으니까 네가 하던 일을 내가 하고 있잖아. 원래대로면 지붕에 누워 있는 건 너고, 창고에 기대서 널 쳐다보고 재촉하는 게 나여야 한다고. 난 내 자리로 속히 돌아갈 수 있길 바라. 네가 다시 네 자리로 오면 말이야.

펜시어로부터

◇◇

2080. 1. 6.

멜에게

어제 보냈던 편지 내용을 곱씹어봤는데, 네가 창고에 올라가고 내가 아래서 지켜보는 일을 한동안 하기 어려울지도 몰라.

넌 이미 조기 독립 신청을 해서 나갔잖아. 미르 구역에서 1년을 채우고 다시 벽 밖으로 돌아올 때도 센터로는 복귀하지 않을 거라고 했고.

네가 지낼 곳을 구한다면, 아무래도 그 주변에서 네가 누울 만한 장소를 물색해 봐야겠어. 센터는 통금 규정이 엄격하니까, 네가 별이 총총 떠 있는 밤하늘을 보려고 할 때 내가 어떻게 합류할 건지도 생각해 봐야겠지. 사실 그 방법에 대해선 내가 묘안이 있는데…… 그건 다음 편지에서 얘기해볼게. 서류들을 다 처리하고 나서.

펜시어가

2080. 1. 7.

멜에게

좋아. 내가 말한 그 묘안이라는 게 뭔지 설명해야겠지.

내가 조기 독립 신청을 하는 거야.

클레아드 형은 아타락시아에서 정말 즐겁게 살고 있는 것 같았어.

보육센터에서 그룹 애들이랑 가족이 되어 지내다 보면, 독립 후가 막연하게 느껴질 때가 있잖아. 우리 그룹이 배정받을 거실과 방들이 내 영원한 집일 것 같지. 센터 선생님들이 내 영원한 선생님들이실 것 같고. 독립은 늘 너무나 먼 얘기로 느꼈어. 조기 독립 신청을 하면 지원도 받고 더 어린 나이에 센터에서 나갈 수 있지만, 난 네가 먼저 조기 독립 하겠다고 하기 전까지는 그쪽으론 전혀 생각이 없었거든. 센터가 나에겐 세상의 끝이었어. 너, 튜르, 라타, 미키, 그리고 단소, 우리로만 이루어진 세상.

그래서 조기 독립해 미르 구역으로 간 널 보고, 다른 그룹에서 이미 정식 독립한 클레아드 형까지 보니 감회가 새로웠다고 해야 할까. 어떤 충동이 일었어. 밖으로 나가고 싶다는 생각이 들었어,

멜. 갑자기 센터가 충분히 안락하지 않다고 느낀 걸지도 몰라. 감정적으로 든 생각이야. 클레아드 형의 뿌리는 언제나 이 센터에 있겠지만, 형은 이제 아타락시아라는 완전히 새로운 공간에서 독립된 삶을 살아가고 있잖아. 선생님들의 관리나 센터 건물 출입을 위한 아이디 카드가 필요 없는 일상을 살잖아. 그런 삶의 방식이 갑자기 마음을 뒤흔들었어. 나 어쩌면 센터에 더 이상 못 붙어 있을지도 몰라, 멜. 네 생각은 어때. 날 응원해 줄 수 있겠어?

펜시어가

멜에게

네가 뭐라고 충고해도 이미 늦었어. 나 조기 독립 신청 서류 거의 다 채웠거든. 정신없는 사흘이었지. 프로메트 선생님은 걱정하던 튜르가 아니라 내가 갑자기 독립 신청서를 내미니까 엄청나게 당황하셨고. 가뜩이나 적은 멤버로 이어가고 있었던 독서 클럽 때문에 사서 선생님들도 날 붙잡으셨어. 솔직히 말해서 우리 센터에서 조기 독립이 그리 드문 일도 아닌데, 다들 반응이 격해서서 좀 놀랐지. 아무래도 네가 센터를 떠나서 적적하실 때 내가 기름을 부어버렸나 봐. 라타, 미키, 단소, 튜르도 마찬가지야. 이 망나니들. 아깐 내가 방에 들어가니까 밖에서 문을 막아버리더라. 그래봤자 서류 제출은 온라인으로 처리되는데 말이야.

 제대로 설명하려고 해 봐도, 내가 조기 독립 신청을 한 데에는 별 이유 없어. 그냥 굳이 1년을 다 채우고 나갈 때까지 기다릴 필요가 없다는 생각이 들었어. 너도 여기 없고, 미르에서 나온 후에도 돌아오지 않을 거잖아. 내가 그동안 조기 독립 신청을 하지 않았던 건 마땅히 미리 나가 살 이유를 찾지 못했기 때문인데, 이번엔 마땅히 여기 붙어 있어야 할 이유를 찾지 못해서 반대의 선택을 하고 있어. 너의 정신 나간 행동력이 옳은 게 분명해. 그러니까 책임을 느끼고 내 새로운 생활을 응원해주길 바라.

펜시어가

2080. 1. 14.

멜에게

안녕 멜. 잘 지내고 있길 바라. 물론 미르에서 정화작업과 실험과 공부를 하느라 힘들겠지만. 나도 독립 준비를 하느라 바쁜 날들을 보내고 있어. 이게 너한테 조금 위안이 되었으면 좋겠네.

　오늘은 내가 살 집을 알아보려고 외출을 했어. 보육센터에서 멀지 않은 곳에 집을 구할 예정이야. 주말 아침이면 프로메트 선생님이 각 그룹 애들을 모아서 함께 갔던 산책로 근처에 있는 작은 방이지. 지난주에 가서 둘러보고 왔는데, 벽지가 조금 낡고 센터에서 지내던 방보단 분명 허름하지만 창밖으로 보이는 경치는 나쁘지 않아. 맞은편 건물 벽면과 창문, 어릴 때 센터의 같은 반 애들과 드나들던 골목길이 보이는 구조거든. 객관적으로 보면 미관상 최악이지만 내가 어떻게 보냐에 따라 다른 거니까, 뭐.

이곳에서 생활이 마음에 들 것 같아. 독립 후에 이것저것 정리가 되면 더 자주 편지할게. 네가 말했던 편지쓰기의 낭만이란 건 아직도 좀 헷갈려. 하지만 쓰다 보니까 느끼는 건데, 홀로행아웃으로 할 수 없는 걸 하게 해주는 건 맞는 것 같더라. 조금 더 운치 있어.

그럼, 다음 편지까지 잘 지내.

펜시어가

2080. 1. 20.

멜에게

네가 조기 독립을 결심하던 날 얘기를 좀 해볼까. 그게 작년 초였지. 네가 독립하겠단 말을 입에 올리기 전부터 중요한 일을 고민 중이라는 건 짐작할 수 있었어. 네가 창고 위로 올라가서 하늘을 보면서 가만히 앉아 있는 시간이 늘어났으니까. 너는 주기적으로 하늘을 봐주어야 한다고 그랬지. 네가 뭐라고 했더라. 사람들이 앞서거니 뒤서거니 하는 걸 따지는 기준이 되는 모든 선들은 이 우주에서 그저 길을 잃은 화살표일 뿐이라고 했었던 거 같은데, 맞나?

네가 그런 말을 할 때면, 네가 땅에 발을 붙이고 있는 게 분명한데도, 네가 어디론가 달려갈 것만 같았어. 땅 위에 있는 기준이나 지표들을 신발에 묻은 흙 털어내는 것처럼 털고서. 실제로 넌 그렇게 센터에서 열일곱에 훌쩍 나가버리고. 간간이 센터에 들리는가 싶더니 또 미르 구역으로 훌쩍 날아버렸어.

어처구니가 없었지. 그룹 거실에 모여서 다 같이 저녁 식사 중인데, 수학 과제 얘기를 하다가 뜬금없이 '나 조기 독립 신청하기로 했어'라고 통보했으니까. 그때 나는 학업적인 문제인지, 아니면 센터 생활에서 마음에 안 드는 부분이 있었던 건지, 미리 우리랑 상의를 해서 결정 내릴 수 있는 거 아니냐고 따져들고 싶었어.

근데 못하겠더라. 내가 네 옆에서 널 봐온 시간만 얼만데. 너 그때 내가 무슨 말을 해도 절대 안 굽힐 것 같았어. 네가 독립하고 싶어 하는 것도, 우리 그룹 중에서 아무도 이해하지 못하는 우주니 하늘이니 하는 헛소리의 연장선이라는 것도 알 수 있었고.

미르 구역 입주 신청 때도 마찬가지야. 잘 들르지도 않던 주중에 갑자기 센터에 들이닥치더니 우리 그룹 호실로 와서 미르 구역 학생 인턴 합격한 거 자랑했잖아. 난 그때만 해도 내가 너 따라서 이렇게 조기 독립 신청하게 될 줄은 꿈에도 몰랐다.

생각해 보면 늘 그랬던 것 같아. 네가 늘 먼저 큰 변화를 가져오는 한 발을 내딛었어. 난 널 지켜보다가 따라갔고. 우리 고등학교만 해도, 네가 날 설득하지 않았으면 난 지원할 생각 안 했을 거야. 큰일 날 뻔했지. 이거, 내가 추켜세워준다고 너무 우쭐

해질까 봐 걱정인데.

널 따라가는 내가 한심하다고 생각하는 건 아니겠지? 네가 그럴 리 없다고 생각하지만, 혹시나 해서 변명하자면…… 인생의 이정표는 형태가 다양하잖아. 난 이정표를 일찍 찾은 거고, 그 이정표가 어쩌다 보니 동갑내기 인간이었던 것뿐이야. 이렇게 어린 나이에 이정표를 찾았으면 행운아라고 할 수 있지.

펜시어가

◇◇

2080. 1. 25.

멜에게

프로메트 선생님이랑 개인 면담 시간을 가졌어. 나의 조기 독립을 물려보려고 하신 것 같은데, 아깝게 홍차랑 쿠키만 축내고 실패하셨지. 선생님께서 우리 그룹에 애착을 가지시는 건 이해해. 선생님이 센터장이 되신 후 곧바로 우리 그룹 애들이 이 센터로 모였잖아. 그때 작은 센터들은 다 주변으로 통합되고 있던 차였으니, 우리만큼 각지에서 온 애들로 구성된 그룹도 없었을 거야. 초기부터 우리 그룹에 특히 신경 쓰실 것도 많았겠지. 프로메트 선생님이 쏟으신 노력이 전혀 헛되지는 않았지, 우리가 센터를 집으로 생각하면서 이렇게나 잘 컸잖아. 두 명이나 조기 독립하겠다고 나서긴 했지만.

선생님께도 내 의지가 확고해 보였나 봐. 한 이십 분쯤 얘기 나눴을 때, 선생님께서 책상에 내 센터 아이디 카드를 올려놓으셨어. 외출할 때 일괄적으로 다 금고에 보관하는 아이디 카드를 말이야. 프로메트 선생님의 원목 책상 중앙을 그렇게 뚫어져라,

처다본 적은 없었던 것 같아. 나도 나름 선생님을 설득할 각오를 다지고 왔는데, 선생님께서 이렇게 쉽게 인정해주실 줄은 몰랐어.

선생님께서는 차분하게 이후 일들을 설명해주셨어. 이 아이디 카드는 이제 기능이 정지될 거고, 내가 나이가 차서 완전히 독립할 때까지 스페어 카드는 센터에서 보관하고 있을 거라고 하셨어. 원래 기능 정지된 아이디 카드는 주인 본인이 가져간다는데, 넌 놓고 갔더라. 내가 가져가겠다고 하고 싶었는데, 생각해보니 선생님께서 가지고 계시는 게 맞는 것 같아서 그냥 됐어. 이제 집을 떠날 날이 정말 머지않았어,

멜. 네가 돌아올 날은 많이 남았지만, 바쁘게 지내면서 기다린다면 그날도 빨리 올 것처럼 느끼지 않을까.

펜시어가

2080. 2. 2.

테멜다에게

멜, 오늘은 내가 보육센터에서 지내는 마지막 날이야. 이미 짐 정리는 끝냈고, 방은 깨끗하게 비웠어. 지금은 쌓아둔 짐에 기대어 편지를 쓰고 있어.

오늘 보육센터에서 송별회가 있었어. 나중에 공식적으로 완전히 독립하게 되면 다시 할 거라 별 신경 쓰지 않고 있었는데, 나름 성대하게 진행됐어. 너도 내막을 알면 놀랄걸. 송별회를 기획한 게 우리 그룹 내성적인 막내, 단소였거든. 걔가 가장 아끼는 녹색 선글라스를 쓰고 감독관마냥, 튜르와 미키와 라타에게 접시를 꺼내고 케이크를 가져오라느니…… 또래보다 의젓하다고는 생각했지만, 정말 어른 다 됐어. 송별회 사진을 함께 보낼 테니 확인해봐.

오늘 아침에 오랜만에 보육센터 스케줄에 맞추지 않고 늦잠을 잤어. 일어나서 방에 있는 시계를 보니 이미 9시 반이 넘었지. 그래서 꽤 당황한 채 허둥지둥 옷을 갈아입었어. 난 자의로

늦잠을 잔 게 아니었거든. 누군가가 일부러 내가 맞춰둔 알람을 해제하고, 아침 식사 시간이 지나도록 안 깨운 거였어.

난 라타, 미키, 튜르, 단소네 학교 모두 방학이니까 보육센터 학습 프로그램에 맞춰서 공부하러 갔을 거라고 생각했어. 그래서 이왕 늦은 김에 느긋하게 우리 그룹 공용 거실로 들어갔지. 거실 소파에서 좀 게으름 피우다 짐을 뺄까 하고 말이야. 그런데 공용 거실 쪽으로 꺾어지는 복도를 돌자마자 보인 광경은 여러모로…… 흠, 요란했어. 거실 벽에는 풍선이 달려 있고 프로메트 선생님이랑 애들이 웃긴 고깔모자를 쓰고 있었어. 미키가 홀로그램으로 독립 축하 문구도 띄워놨더라. 내가 당황하는 사이에 라타가 달려들어서 조잡한 플라스틱 왕관을 씌웠어. 왕관이 내 머리에 내려앉자마자 프로메트 선생님과 애들은 합창을 시작했고……

멜, 이게 감동적인 이벤트라는 걸 머리로는 이해했지만 비집고 나오는 웃음을 도저히 참을 수가 없더라. 특히 라타는 노래하는 내내 음 이탈이 심각했어. 네 귀로 들었어야 해. 내가 부들부들 떨면서 웃음을 참으니까 진지하게 노래 부르던 애들까지 웃음을 터뜨려서 곡 후반부에는 합창이 엉망진창이 되어버렸어. 그 뒤로 이어지는 순서도 마찬가지였어. 묘하고 어설펐거든. 그래도 애들이 몰래 이런 걸 준비했다고 생각하니까 감격스

러웠어. 덕분에 보육센터의 마지막 날을 그럴듯하게 마무리할 수 있었지. 소설에 나오는 것처럼 말이야.

지금은 어질러진 공용 거실 청소를 끝내고, 가져갈 짐을 확인하는 중이야. 내가 짐 정리에 라타를 부려 먹는 것에 대해서 뭐라고 하지 않길 바라.

펜시어가

2080. 2. 3.

멜에게

오늘은 길게 쓰진 못하겠네. 짐 정리해야 할 게 산더미거든. 내
가 앞으로 살게 될 이 집이 좀 좁긴 해도, 하나부터 열까지 다 내
가 꾸며야 한다고 생각하니까 의외로 손댈 게 많아. 난 센터 안
에 있던 방들의 책상이 하나같이 창문을 등지는 배치인 게 마음
에 안 들었어. 넌 그래서 스탠딩 칠판을 창문 옆에 들여놓고 온
종일 거기 붙어 있었지. 난 스탠딩 칠판을 장만하진 못했지만,
이번엔 책상을 창문 옆에 붙여 놓으려고.

　네가 돌아오고 난 후를 생각해 봤어. 너도 내 집 근처로 집을
알아보는 거 어때? 하늘이 잘 보이는 창문이 있는 곳으로. 내 창
문은 하늘이 잘 보이진 않아. 얘기했지? 다른 건물이랑 완전 마
주 보고 있다고. 대신 사람들이 지나다니는 길은 꽤 잘 보이지.
네가 근처로 집을 구한다면, 집에 오는 길에 내 이름을 부를 수
있을 거야. 내가 듣고 창문 앞으로 가면 집으로 걸어 들어오는
손바닥 크기만한 널 볼 수 있겠지. 우리가 서로의 아이디 카드

역할을 대신하는 거야. 아주 원시적이고 아날로그적인 방식인데, 네가 이런 걸 싫어할 리가 없지.

우리 모두 센터는 떠나지만, 그 안에서 찾은 형태 없는 것들은 가지고 나올 수 있을 거라고 생각해. 넌 센터를 나와도 어떻게든 하늘을 볼 수 있는 새로운 장소를 찾겠지. 나도 한동안 너한테 앞 좀 보라고 상기시켜주는 역을 그만둘 생각 없어. 네가 수학 문제에 매달리다가 취침 시간에 몰래 내 방으로 건너오던 일이나, 옷장 뒤 공간으로 비집고 들어가서 기어이 벽화를 그리던 일. 학교 끝나고 센터 도서관으로 달려가서 식사도 잊고 함께 책을 보던 일 따위. 모두 새로운 집으로 가지고 나올 수 있을 거야. 분명해.

……이런, 쓸데없는 상상을 하다가 저녁 시간이 되도록 박스를 하나밖에 못 풀었어. 큰맘 먹고 말해주는 거니까 비웃지 말라고.

펜시어가

2080. 2. 4.

멜에게

안녕 멜. 지금 난 새집에서 창밖 풍경을 구경하는 중이야. 노을이 지고 있어. 방 한쪽에 난 창문에서 붉은빛이 들어와서 흰 편지지가 주황색으로 보여. 묽은 핏물에 담가놓은 것 같기도 해.

　아직 방에는 안 푼 짐이 가득해. 박스가 가득하니까 방이 더 비좁아졌어. 나중에 너까지 들어오면 참 볼 만하겠는걸. 우리 둘이 방바닥에 몸을 구겨가며 앉아 있을 걸 생각해 봐. 좀 비좁긴 해도, 즐겁겠지.

　　　　　　　　　　　　　　　　　　　펜시어가

◇◇

2080. 2. 13.

멜에게

좋은 아침이야, 멜. 사실 새벽이지만. 이게 너한테 도착할 즈음이면 아침이겠지. 그리고 이걸 읽을 때 나는 자고 있겠지. 밤을 샜거든. 네가 쌓아둔 책을 읽느라. 한 네 권 읽었나?

……그럼 이제 마흔아홉 권 남았겠군.

어제 보육센터에 잠깐 들러서 프로메트 선생님이 보관하고 있던 네 책을 받아왔어. 옮기고 정리하는 건 미키랑 라타가 좀 도와줬고. 이 정도 읽었으면 내가 무슨 말을 하려는지 알겠지.

테멜다, 미르 구역에 입주를 지원할 거면 짐은 따로 정리했어야 하는 거 아니야? 프로메트 선생님 사무실에 남겨두고 갈 것이 아니라.

넌 내가 영원히 모를 거라고 생각했겠지? 만약에 안다고 해도 편지로 길게 잔소리하지 못할 거라고 짐작했을 테고. 하지만 내가 네 이런 생활 태도에 얼마나 전투적으로 화를 낼 수 있는지는 잘못 계산한 것 같네. 두고 봐, 네가 나오는 날까지 기억하고 있다가 제대로 잔소리할 거다. 이 편지에서도 잔소리할 거야.

테멜다. 책은 센터에 있는 네 방에 옮겨두거나, 그게 힘들면 처분을 했어야지. 프로메트 선생님께 덜렁 맡겨놓고 가면 어떡해? 덕분에 선생님 사무실 한편에 한동안 책이 산처럼 쌓여 있었고, 선생님께서 우리한테 아무 말도 안 해주셔서 난 네 짐의 행방을 어제 알았어. 그것도 프로메트 선생님이랑 홀로행아웃하다가 어쩌다 얘기가 나와서! 대체 무슨 생각으로 그런 짓을 한 거야? 1년 내내 프로메트 선생님 사무실에 두고 미르 구역에서 나오면 다시 찾아가려고? 제발 짐 관리 좀 잘해.

아무튼, 그걸 다 옮겨서 네 책은 이제 내 방 한편에 쌓여 있어. 미르에서 나오는 날 정신 못 차리고 센터로 헛걸음하지 마. 넌 그런 걸 너무 잘 잊어.

그건 그렇고, 모든 책 귀퉁이마다 이상한 메모가 되어 있더라. 나는 책 내용보다도 그걸 더 꼼꼼히 보는 중이야. 원망하려거든 네 엉망진창인 생활 태도를 원망해라.

추신 : 졸면서 썼으니까 헛소리를 해도 이해 바람.

펜시어가

◇◇◇

2080. 2. 14.

멜에게

『죽은 자들이 우주에 갈 수 있을까』

'과연 죽은 자들이 우주에 갈 수 있을까. 우리는 죽어서 각자가 원하는 이상적인 상태에 영원히 머물 수 있잖아. 물리적인 공간을 벗어나는 게 의미가'까지 밑줄.

그래도 갈 사람들은 우주로 가겠지. 죽었든 살았든 영혼이 있는 이상 도전을 멈출 순 없을 거야. 나 또한 내 짧은 생에서 나아가는 것을 두려워하지 않으리! 라고 메모.

나는 잘 모르겠어, 멜. 막상 갈 기회가 주어진다면 망설일 것 같아. 내가 굳이 첫 번째로 나아가는 사람이 될 필요는 없잖아. 나아가는 사람이 있다면, 자리를 지키는 사람도 있는 거지.

이 책 이곳저곳에서 네가 가지고 있는 전진에 대한 열망을 확인할 수 있더라. 모르는 게 있다면 알아내고, 안 가본 길이 있으면 꼭 밟아보고. 가는 길이 지뢰밭이어도 넌 알기 위해서라면 기꺼이 도박을 할 것 같아서 옆에서 보는 나는, 늘 걱정이야.

너는 왜 끊임없이 어디로 가려고 하는 거야? 움직인다는 게 너한텐 어떤 의미야? 물론 짐작은 가지만, 네 답이 궁금하다.

팬시어로부터

2080. 2. 15.

멜에게

『로미오와 줄리엣』

'그럼 난 모든 걸 당신께 바치고 이 세상 끝까지 당신을 따라가겠어요.'에 동그라미 여러 번.

정신 나간 거 아냐?? 정신 차리고 집에 붙어 있어! 세상에, 줄리엣은 지금 튜르보다 어린데!라고 메모.

『죽은 자들이 우주에 갈 수 있을까』에서 보여준 행동력과는 상반됨. 어느 쪽을 먼저 쓴 건지, 왜 다른 반응을 보인 것인지 등등 소상히 해명 바람.

팬시어로부터

2080. 2. 16.

멜에게

　단편집 『나무공학자 천치 둘』의 「나무공학자 천치 둘」 부분.

　'그건 이미 진짜 나무들이 이뤄낸 것들인걸.'에 밑줄.

　이게 2020년대에 쓰였다니 믿기지가 않네. 비록 로봇 나무는 없지만, 우리가 뭘 놓치고 있는지를 짚은 것 같다. 지나치게 인위적인 건 좋게 끝나는 법이 없음!이라고 메모.

　네가 생각하는 '지나치게 인위적인 것'의 기준이 뭔지 궁금하네. 우리 일상은 이제 모두 인위적이잖아. 만약, 전체를 통제할 수 있는 가능성이 있다면, 시행착오를 겪더라도 시도하고 성공하는 게 낫지 않아? 나는 문명이 생겨난 것도 이 맥락에서 크게 벗어나지 않는다고 봐.

　무엇보다 문명의 산물인 기술 때문에 내 편지를 드론이 배달

해줄 수 있잖아.

펜시어가

◇◇◇

2080. 2. 17.

멜에게

오늘은 짤막한 메모가 아니라 좀 더 긴 글을 발견했어. 이런 글은 도대체 언제 쓰는 거야?

　에세이 『호수가 끼고 있는 집』의 87페이지에 끼어 있던 글.

　오늘 『호수가 끼고 있는 집』을 읽고 무작정 외출해 길거리를 돌아다닌 건 근래 내렸던 충동적인 결정 가운데 최고였다. 난 방금 인생 최고의 산책을 했다! 센터 주변 이곳저곳을 돌아다녔고, 어정쩡한 곳에 있는, 경치 감상하기 좋은 곳을 세 곳이나 발견했다. 뮤지컬 '해밀턴'의 오리지널 캐스트 사운드트랙을 들으면서 한 시간 내내 돌아다니는 건 정말 즐거운 일이었다 (해밀턴은 뮤지컬계의 진정한 고전이다). 정말로 좋았다. 오늘 새로 본 곳들 중 가장 마음에 드는 곳은 야구장과 핸드볼구장이 있는 공공 체육시설 끝자락을 둘러친 펜스 바깥이었다. 펜스 바깥! 센터 근처에 있는 체육시설은 한 면은 낮은 산, 한 면은 논밭으로 둘러싸여 있는데, 논밭이 위치한 쪽 지대는 무척 낮다. 그래서 논밭과 맞닿아 있는 면으로 가보면 건물 한두 층 즈음 될 만큼의 절벽이 이 두 지대 사이에 있음을 알 수 있다. 완전한 낭떠러지 수준은 아니고, 펜스 뒤로도 내 발 기준으로 두 발짝 정도는 여유가 있다. 나는 오늘 그 펜스 뒤쪽으로 들어가, 절벽(절벽이라기엔 그렇게 깎아내리듯 경사가 있는 것도 아니고 하지만, 달리 뭐라 불러야 할지 모르겠다. 높은 둔덕?) 가장자리 쪽을, 펜스를 따라 한참 걸었다. 거기선 차도가 멀리까지 이어진다는 게 아주 잘 보인다. 나는 둔덕 위를 아슬아슬 걷다가 몇 번이고 멈춰서서 주변을 구경했는데, 주택 몇 채에 이차선도로 하나만 덩그러니 놓인 공간이었지만 그렇게 광활하게 보일 수가 없었다. 산도 논도, 지나다니는 자동차들도 잘 보였다. 산이 시야를 방해하고 있었지만 그렇게 무언가를 가림으로써 미지를 내 눈에 선명히 보여주고 있는 것 아니겠는가. 내가 나갈 세상이다. 눈을 가졌기에 내 보금자리인 작은 집에 안주할 수가 없다. 살아 있는 한 발걸음을 옮겨야 한다. 지극히 익숙한 것들이 곁을 떠나고, 과거라는 이름으로 붙잡을 수 없는 비물질적인 존재가 되어버리고, 테세우스의 배는 바로 나의 자아에 던지는 질문이 될 수도 있겠지. 하지만 인간 존재라는 게 시간축을 따라 펼쳐지는데 이런 변수들은 당연한 거 아닌가. 두려워 말아야 한다. 내가 나갈 세상이다. 끝을 확인할 수 없는 길들이 그렇게 알려주고 있는 것 같았다.라고 쓰임.

테멜다. 두렵지는 않아? 그립지는 않은 거야? 난 말이야,

가끔 너한테 놀랄 때가 있어. 넌 정말 의연해. 깜짝 놀랄 만큼 의연해. 지극히 익숙한 것들이 곁을 떠나고, 과거라는 이름으로 붙잡을 수 없는 비물질적인 존재가 되는 거. 나한테는 정말 슬

픈 일이거든. 내가 너에게 그런 존재가 되지 않게 신경 좀 써 주길 바라. 네 가장 좋은 친구를 좀 더 세심하게 대해 달라고.

펜시어가

2080. 2. 19.

멜에게

안녕 멜. 지난 며칠 간의 편지가 즐거웠길 바라. 미안해, 이제 그만 놀릴게.

편지에 네가 남기고 간 책에 관한 내용만 쓴 이유는 그동안 한 게 거의 없어서 그래. 보육센터에서 듣는 프로그램의 최종과제 좀 일찍 제출하고 피드백까지 다 받아서 쉴 틈이 좀 났어. 그래서 계속 책만 읽었지. 기분상 반은 읽은 것 같은데, 권수를 안 세어봐서 잘은 모르겠다.

네가 책에 남긴 메모들을 보면서 너랑 함께 책을 읽는 느낌이었어. 그러다가 뜬금없지만 도서관 뒤쪽 창고가 갑자기 생각났어, 멜. 네가 자주 기어올라가서 누워 있던 그 건물. 미르 안쪽에도 그렇게 누워서 하늘을 볼 수 있는 공간이 있으면 좋겠다. 없으면 네가 벌써 만들었겠지만. 너와 내가 둘 다 보육센터에 있던 시절에 네가 거기 올라가서 했던 헛소리가 그리워. 어······

글로 쓰니까 생각보다 더 어색하네. 넌 이 문장을 읽고 분명히 폭소를 터뜨리겠지. 그래, 그걸 감수하고도 말하는 거야. 네가 누워서 낮은 목소리로 중얼거리던 말들을 더 이상 들을 수 없어서 허전한 느낌이 들어.

네가 『호수가 끼고 있는 집』에 끼워 놓은 그 짧은 글에 대해서 계속 생각했어. 우리가 지금 열여덟이고, 둘 다 조기 독립 신청을 했으니까 네가 미르에서 나오더라도 다시 보육센터로 돌아갈 일은 없지. 다시 방문할 순 있어도, 그곳이 우리 '집'이었을 때와는 다를 거야. 네가 창고 지붕 위로 올라가서 드러눕고, 내가 그 밑에 서서 기다리는 일은 다시 재현할 수 없겠지. 우리는 네가 써 놓은 것처럼 미지를 향해 나아간 거야. 일상이라고 불렀고, 언제나 만지면 잡을 수 있던 것들이 손가락 틈으로 빠져나가고 있지. 그때는 이제 돌아올 수 없는 시절이 되었어.

그래, 인정해. 모든 시절이 다 그렇게 지나가겠지. 하지만 누구에게나 다른 시절보다 조금 더 그리운 시절이 있는 거잖아. 너도 그렇게 생각하지?

펜시어가

◇◇

2080. 2. 22.

멜에게

오랜만에 그룹 애들과 홀로행아웃을 했어, 멜. 그동안 내가 정신이 없어서 잘 봐주지 못했거든. 이제 새 학기가 2주도 안 남아서 단소, 라타, 미키, 튜르는 다 발등에 불이 떨어진 상태야. 서너 시간 동안 하나씩 붙잡고 조언을 해줬는데도 결론이 나지 않는 것들이 있어서 너한테 질문을 남겨 본다.

첫째, 라타가 고등학교에 진학해서 드론 실습 심화 수업을 신청하려면 중학교 때부터 미리 비행체 종합 이론을 공부해야 할까?

둘째, 미키가 쓸 프로그래밍 교재로, 안나 스튜어트 교재 구판이 나을까 신판이 나을까? 참고로 구판은 내용이 더 많은데 애들은 주로 신판을 쓴대.

셋째, 튜르가 지난 학기부터 쓰던 사회학 보고서 피드백을 받으려면…… 중학교 때 선생님께 계속 문의드리는 게 좋을까, 아님 새로 진학하게 될 고등학교 선생님들께 미리 연락을 드리는 게 나을까?

넷째, 단소가 올해부터 수학을 독학하고 싶다는데, 센터가 제공하는 수업을 중단해도 괜찮을까? 나름 다들 심각하게 고민하고 있으니 시간 날 때 생각해 보고 연락 줘.

그나저나 우리 그룹은 홀로행아웃으로 만나도 시끌벅적하더라. 다들 내 옆에 서 있는 것 같아. 우리가 독립하기 전, 센터에서 보내던 수많은 평범한 오후들 중 하나같았어. 너만 있으면 완성된 그림이었을 걸. 불완전한 우리 모임에 대한 책임을 통감하고 빨리 귀환하길 바라.

펜시어가

2080. 2. 24.

멜에게

멜, 오늘 학교 홈페이지에 각 반의 베이스*가 올라왔어. 난 올해 7번 베이스야. 미란다 선생님 사무실 복도 맨 끝에 있어서 위치가 나쁘지 않지. 베이스가 다 거기서 거기긴 하지만, 7번 베이스는 창문 밖으로 산책로도 보이고 볕도 잘 드는 편이야. 올해 베이스 배정은 운이 좋았어.

　새 학기가 시작할 때까지 일주일 남짓 남았네. 네가 조기 독립해 나간 이후로도 등교는 꼭 함께했었는데. 고등학교에 입학한 뒤 처음으로 내일 혼자 학교에 가게 생겼어. 우아, 이걸 지금 알아차리다니. 새 학기 준비를 위해서 센터에서 지원하는 인터

* 2080년도 학교의 교실 개념. 커리큘럼이 바뀌어 학생들은 자율적으로 프로젝트를 진행하는 데에 더 큰 시간을 할애하므로 고정된 교실이라는 자리가 존재하지 않고, 3년 동안 같은 반으로 묶인 학생들끼리 물건 보관이나 휴게실 용도로 베이스를 사용한다. 의무적으로 공부해야 하는 기본과목 수업은 같은 반 학생들끼리 베이스에서 듣게 된다.

넷 코스를 몇 개 더 신청하고, 개인 연구 준비를 하느라 아무래도 정신이 없었던 모양이야. 미르 구역 연구에 학생 인턴으로 뽑힌 순간부터 네 어깨에서 대학 진학의 부담은 사라졌겠지만, 나 같은 사람들은 1년을 더 학교에 나가야 해. 네가 좋아하는 나무들 틈바구니에서 하고 싶은 연구 하는 동안!

　방금 란도 형이랑 잠깐 홀로행아웃을 했어. 형 쪽에서 베이스 위치를 확인한 직후에 먼저 전화를 걸었지. 어쩌다 보니 란도 형한테 내가 독립한 걸 말하게 됐는데, 형이 그리 입이 무겁다 할 순 없겠지만 내가 떠들썩한 걸 싫어하는 건 아니까, 말하고 다니진 않겠지? 고등학교에서의 마지막 1년이 평탄하게 흘러가기를 바랄 뿐이야.

　　　　　　　　　　　　　　　　　　　펜시어가

2080. 3. 4.

멜에게

미르에서의 날들은 별일 없이 이어지고 있지? 너도 알다시피 오늘은 월요일이고 새 학기가 시작하는 날인데, 결론부터 말하자면 끔찍했어.

 2년 동안 봤던 얼굴들을 보는 거니까 특별할 건 없었지. 새 학기 첫날이라고 들떠서 실수한 것도 아냐. 아침에 등교하는데 방학이 없었던 것처럼 익숙하게 느껴지더라. 몇 명은 신나 보이긴 했다만. 내가 란도 형이랑 조기 독립한 얘길 나눴다고 했잖아? 여기저기 퍼뜨려달란 얘기가 아니었는데 이 망할 형이 그걸 온 학교에 나불거리고 다닌 모양이더라. 대놓고 센터 출신인 걸 뭐라고 할 만큼 멍청한 사람은 학교에 없긴 하지만, 그래도 모두가 공공연하게 우리가 센터 출신이라고 수군거리는 건 신경에 거슬려.

 그래서 난 베이스에서 짐을 풀고 바로 도서관으로 향했어.

독립이니 보육센터니 내 입으로 직접 말하게 되는 상황은 만들고 싶지 않았거든. 그리고 수업 때 빼곤 계속 여기 틀어박혀 있었어. 지금도 철학 서가 사이에 있는 일인용 소파에 몸을 구기고 있어. 이런 자세로 편지를 쓰려니까 힘드네.

멜, 너도 작년까지는 이 학교에 있었는데 말이야. 우리 베이스는 네가 나가는 바람에 열일곱 명이 됐어. 창가 자리 책상에 집착하는 사람이 이제 학교에 없는데도 모두가 네가 좋아할 만한 자리에 앉기를 머뭇거리고 있더라니까. 이러다가는 네가 나오는 11월까지 그 자리가 비어있을 것 같다. 먼지 쌓이지 않게 내가 청소는 해둘 테니까 고마워해라.

테멜다, 네 빈자리가 커. 속히 귀환하길.

펜시어가

2080. 3. 10.

멜에게

안녕 멜.

오늘은 편지에 좀 새로운 소식을 전하게 됐어.

너도 알다시피 3학년 때는 연말 학술 발표회를 위해서 프로젝트 하나를 진행해야 하잖아? 올해 난 몇몇 애들이랑 같이 불법 미용시술 업체 신고를 위한 웹사이트를 만들기로 했어. 정확히는 업체들이 작은 규모의 사립 보육센터인 것처럼 꾸민 불법 인체 실험장까지 적발할 수 있는 시스템이지. 범위는 작은 단위부터 시작할 거야. 우리 도시 지도를 다운받아서, 공식적으로 승인받은 센터의 위치를 다 표기해 놓는 것부터 시작해야 해. 웹사이트에서 제공하는 카메라로 길거리 사진을 찍으면, 지도상에 위치가 표기되고 불법 업체인지 공식 센터인지 바로 확인할 수 있는 기능을 만들려고 하거든. 데이터만 정확하게 수집하면 어려운 일은 아냐.

멜, 네가…… 언제나 이쪽에 마음 쓰고 있는 거 알아. 센터에 구출된 아이들이 새로 등록될 때면 잡일이라도 도우려고 프로메트 선생님 사무실을 늘 기웃거렸잖아. 그렇게 티 나게 돌아다녔는데 내가 몰랐을 거라 생각한 건 아니겠지. 네가 미르 구역에 갇혀 있는 동안 나도 내 자리에서, 할 수 있는 걸 해볼게.

맞다. 올해는 다른 학교 애들이랑 협업하는 것도 학교에서 허가해줬어. 우리 조는 다른 학교에서 프로그래밍 쪽에 익숙한 애를 영입해보기로 했어. 추린 명단을 확인해보는데 우베라는 이름이 있었어. 우리가 전에 잠깐 다녔던 초등학교에서 너랑 같은 반이었던 우베 기억나? 너랑 같이 하교하려고 너희 반으로 갈 때마다 너랑 말싸움하던, 눈썹 엄청 짙은 애. 프로필을 보니까 프로그래밍 전공인 고등학생 '우베'도 그 우베랑 같은 지역에 살고 있었어. 어쩌면 옛 인연을 만나게 될 수도 있겠어.

펜시어가

멜에게

오늘 우베를 만났어. 연락이 닿는 대로 대면하기로 결정하고, 그냥 그렇게 만난 거야. 우리 예상이 맞았어. 그 초등학교 우베였어. 막상 만나니까 놀랍더라.

　개도 클레아드 형처럼 홍채 색깔을 바꿨어. 초록색인지 노란색인지 분간하기 어려운 쨍한 색이었는데, 머리도 똑같은 색으로 염색했어. 처음 대면으로 만날 땐 파인애플이 걸어오는 것 같아 보였지. 눈동자랑 머리가 변했는데도 바로 알아볼 수 있었던 건, 얼굴은 놀랄 만큼 하나도 변하지 않아서야. 아니, 변하긴 변했는데 그 얼굴은 누가 봐도 우베야.

　개도 날 확인하더니 놀라는 눈치였어. 곧바로 네 안부를 묻길래 나도 내가 아는 대로 개한테 말해줬어. 그랬더니 순간 대답할 말을 못 찾고 있는 것 같았어. 갠 아직도 너한테 이상한 경쟁의식을 가지고 있더라. 지금은 어렸을 때처럼 중증은 아닌 것 같으니 신경 쓰진 마.

우베는 그 지역에서 잘 지내고 있는 듯했어. 계속 프로그래밍을 공부했대. 오늘 실력을 보니까 정말 나쁘지 않았고, 우리 조 애들이랑도 잘 협업할 수 있을 것 같았어. 완강한 성격은 어디 가질 않았지만, 우리 아이디어를 마음에 들어 하는 눈치고, 우리 조 계획대로 안정적인 작업을 해줄 수 있을 것 같아. 그러니까 정리하자면, 우리 프로젝트는 종합적으로 꽤 잘 진행되고 있어.

작업에 관한 얘기가 끝나고 나서 우베랑 저녁을 같이 먹었어. 별 시덥지 않은 잡담을 하고 있었는데, 걔가 갑자기 말을 뚝 멈췄어. 몇 초 후에 갑자기 너한테 사과를 하고 싶었다고 말했어. 아무래도 네가 나한테도 제대로 얘기하지 않은 사정이 있었던 모양이지?

너한테 사과할 일이 뭐냐고 캐묻고 싶었지만, 그러진 않았어. 그런 얘기는 너를 통해서 먼저 듣고 싶으니까(넌 나중에 나한테 자세히 얘기할 준비 해).

대신 네가 있는 지역은 홀로행아웃도, 메시지도 안 되니까 편지를 쓰거나, 네가 나올 때까지 기다리고, 그때 사과를 하고 싶으면 하라고 했어. 그리고 네가 정말 놀라겠지만, 걔한테 네가 말한 편지쓰기의 낭만에 대해서 말해줬어. 네가 편지에 쓴 설명처럼 장황하게는 못하지만 무슨 의미가 있는지는 내가 느낀 대로 얘기하려고 노력했어. 걘 그걸 조용히 듣고, 밥을 다 먹을 때까지 말이 거의 없었어.

내가 편지쓰기의 낭만을 깨달을 때까지 꽤 시간이 걸릴 거라고 네가 그랬지. 그래, 3월까지면 충분히 길었는데. 아직도 너처럼 확신에 차서 이게 낭만적인 일이라고는 못하겠다. 그래도 이제 남에게 그게 뭔지 설명해줄 정도는 되었어. 좀 뿌듯하긴 하네.

추신: 내 생각에 우베는 너한테 편지를 쓰진 않을 것 같아. 괜히 기다리진 마. 이제 너한테 제대로 된 편지를 쓰는 사람은 나밖에 없을걸.

펜시어가

◇◇◇

2080. 3. 19.

멜에게

멜, 네가 남겨두고 간 책을 오늘 다 읽었어. 네가 남긴 메모까지.

　아주 긴 대장정이 끝난 기분이야. 허탈한걸. 이럴 줄 알았으
면 덜 열심히 읽을 걸 그랬어.

팬시어로부터

◇◇

2080. 3. 21.

멜에게

안녕 멜.

오늘은 학교 끝난 후 우베랑 팀원들 만나고, 그 다음에는 개인 연구를 해야 하는 굉장히 바쁜 날이야. 홀로행아웃도 끄고 메시지 알림도 해제했어.

지금은 새벽 4시야.

내가 새벽 4시에 일어났다고 해야 하는 건지 새벽 3시까지 깨어 있다가 1시간을 졸았다고 해야 하는 건지 모르겠는걸. 네가 보기엔 어때?

예전에 보육센터에 있을 땐 새벽 늦게까지 깨어 있는 건 꿈도 꿀 수 없었지. 프로메트 선생님의 눈을 벗어나서 밤을 지새우는 건 불가능에 가까웠어. 너는 마음만 먹으면 그걸 늘 해냈지만 말이야.

네가 그렇게 밤을 새우고도 이튿날 아침에 어떻게 멀쩡할 수 있었는지 궁금했어. 이튿날 저녁도 먹기 전에 누가 전기를 끊은 것처럼 잠든다는 한계는 있었지만 말이야. 너는 '지식을 얻고 싶다는 목마름이 나의 신체적 한계를 넘어서고 진리를 추구하는 길을 열어주었다네'라고 거창하게 대답하긴 했지…… 그건 지금 내 상황에 별로 도움이 되진 않을 것 같네.

사실 네가 두고 간 책을 한 번 더 읽어 보고 싶었는데, 2회독할 시간은 많이 부족해보여.

물론 내가 책을 덜 읽고 조금 덜 교양 있는 사람이 되더라도 편지 쓰는 시간을 최우선으로 둘 생각이야. 약속할게. 그러니 너도 좀 덜 교양 있는 날, 감당하겠다고 약속해.

펜시어가

◇◇◇

2080. 3. 24.

멜에게

저번에 편지를 보내놓고 나서 생각해보니까, 졸려서 헛소리를
마구 적은 것 같더라. 오늘은 생산적인 얘기를 좀 해볼까. 그러
니까, 학교생활 전반에 대해서 말이야.

조별 프로젝트의 대략적인 뼈대를 잡아 봤어. 5월 안에 시스
템 구축을 완료하고 실제로 사용할 수 있는지 테스트를 돌려볼
계획이야. 공공기관과의 협업을 따낼 수 있다면 정말 좋겠지.
아무리 우리 학교 학생이라 해도 협업을 따내는 건 어려운 일이
라는 거 알아. 그렇다고 해도 시도라도 해 봐야지.

내심 굉장히 놀란 게, 우베가 협조적이라는 점이야. 일상적
인 대화할 때만 보면 애 성격은 정말 어릴 때 그대로인데, 프로
젝트 건만 되면 무척 진지해. 솔직히 말해서 우베가 이 분야에
이렇게 진지한 태도를 보여주리라고는 기대하지 않았거든.

우베랑 요즘 많이 친해졌어. 우베가 프로그래밍하고 있으면
옆에서 장난스럽게 딴지 걸 정도는 됐지. 넌 늘 내 인간관계가

좁다고 했지? 이것 봐, 비록 너라는 연결고리가 있다는 편법을 쓰긴 했지만, 열심히 내 관계의 폭을 확장 중이라고. 너도 옆집 사는 율리안나씨랑 자한이라는 친구랑 많이 친해졌겠지?

　　그래도 난 나와 가장 가까운 자리는 올해 가을에 돌아올 사람을 위해서 비워두고 있어.

펜시어가

2080. 3. 30.

멜에게

오늘은 오랜만에 보육센터에 들러서 그룹 애들을 만났어.

조기 독립 때문에 따로 방문 절차를 밟아야 하나 했는데, 정식 독립 전까지는 그럴 필요가 없다고 해서 편하게 들어갈 수 있었지. 내 스페어 아이디 카드가 그 역할을 충실히 해줬어. 참 다행이지.

꽤 오랜만에 공용 거실에 들어가는데, 막상 보니까 정말 그리운 느낌이 들었어. 애들이 다 소파에 둘러앉아 있는 걸 보니까 우리가 다 같이 지낼 때가 갑자기 생각났어, 멜. 생각해 보면 우리가 여기서 10년 가까이 함께 보낸 거잖아. 이곳에서 먹고, 자고, 배우고, 놀고. 그런 곳을 참 단호하게도 떠나왔다 싶었어. 그리고 감상에 빠지려는 순간, 스크린에 고개를 처박고 혼잣말을 중얼거리던 미키랑 눈이 마주쳤지. 그래, 좀 무섭더라.

미키는 주말인데도 프로그램 하나를 만들려고 스크린을 붙잡고 앉아 있었어. 라타는 옆에서 정말 열심히 미키를 놀리고 있었고, 튜르랑 단소는 뭐, 늘 그랬던 것처럼 휴식을 즐기면서 구경 중이고. 다들 변함이 없었어.

우리가 딱히 뭘 한 건 아니야. 그냥 모여서 하루를 보냈어. 너랑 내가 조기 독립 신청을 하기 전처럼. 나중에는 프로메트 선생님까지 오셔서 간식도 뜯고 여유롭게 놀았어. 영화를 틀어놓긴 했지만 대부분 시간은 그냥 서로 떠들었어. 즐거운 하루였던 것 같아. 이미 지나간 건 재현할 수는 없지만 추억할 수는 있지. 너까지 있었다면 더 좋았을 거야.

사실 나는 조금 걱정됐거든. 이제 올해 독립 예정인 맏이가 없는 그룹이라서, 튜르가 맏이 역할을 대신 해야 했으니까. 시간 날 때마다 연락하고 챙긴다고는 했지만, 같이 생활하는 게 아니라 내가 주는 도움은 턱없이 부족할 거라는 걸 알았어. 그런데 오늘 가서 보니까 튜르는 아주 씩씩하게 잘하고 있었어. 힘들 텐데도 말이야. 튜르한테 정말 미안하기만 해.

이런 우울한 얘기를 하려는 게 아니었는데. 쓰다 보니까 또 이상한 말이나 적고 있네. 내가 이렇게 말했다고 또 걱정하지 마. 튜르도 잘해나가고, 나도 더 열심히 도와주려고 노력할 거야. 우린 잘할 수 있을 거야, 아마도.

사실 난 아직 집에 돌아가지 않았어. 원래 네 방에 들어앉아서 조용히 편지를…… 쓰려고 했는데, 방금 라타가 들어왔어. 라타가 너한테 전하고 싶은 말이 있다는데. 좋아, 이번만 대필해 줄게. 라타는 잘 지내고 있대. 그래 보이긴 했어, 오늘 내가 센터에 있는 몇 시간 동안 계속 거실에서 뒹굴었으니까. 라타가 열심히 해명을 하는군. 미키가 발등에 불 떨어진 것과는 다르게 자기는 착실히 과제 준비를 해갔기 때문에 정당한 휴식을 누린 것뿐이래. 아닌 것 같은데. 이런, 라타가 떠드는 소리를 듣고 응징하러 미키가 방에 들어왔어.

미키도 몇 마디 말을 전한대. 자긴 학교 열심히 다니고 있고, 벌써 고등학교 생활이 기대가 된다는데. 완벽한 플랜을 세워놨대. 라타가 방금 옆에서 그 완벽한 플랜에, 숙제 밀려서 밤새는 것까지 포함되어 있냐고 물었어. 미키는…… 자긴 완벽주의자라 그런 것뿐이라고 항변하네. 두고 보라는데. 자기가 반드시 우리 고등학교 후배가 될 거래. 그럼 공부 열심히 해야 할 텐데.

아, 단소도 방금 들어왔어. 단소가…… 자기 공부 열심히 하고 있다고 적어달래. 네 응원도 부탁한대. 그리고 보고 싶다고 적어달래. 적어달라고 한 것까지 적으면 어떡하냐고 만이한테 폭력을 행사하고 있는데. 와, 아프게 때리네. 멜, 단소가 공부는 안 하고 팔 힘만 기른 것 같아.

펜시어가

◇◇

2080. 4. 3.

내가 교실 창가 자리를 너 대신 차지했다고 말했었나?

덕분에 방과 후에 우리 학교 산책로가 보이는 자리에 앉아서 너한테 이렇게 편지를 쓰는 중이야.

이제 날씨도 완전히 풀렸고 봄이 된 게 실감이 나. 창밖으로 보이는 나무들에도 꽃이 피었어. 산책로는 3월보다 좀 더 파릇파릇해진 것 같고, 봄볕도 적당해. 딱 좋은 날씨야. 이러다 밤이 돼서 좀 선선해지면 내가 사는 방 근처를 돌아다니면서 산책하기도 좋거든. 프로메트 선생님도 센터에서 기르는 나무에 꽃이 핀 사진을 보내주셨어(며칠 후에 센터에 들르라는 말이랑 함께. 정확히 무슨 일인지는 오늘 저녁때 홀로행아웃으로 여쭤보려고).

네가 있는 미르 구역도 날이 좀 풀리고 봄이 온 느낌일 거라고 생각해. 네가 말했던 입주민이 관리하는 화단에도 꽃이 피었겠지. 네 방에서 보인다던 산책로랑 가로수랑 잔디 깔린 공원은 또 어떻고. 다 지난겨울보다는 훨씬 푸르르겠지.

봄이 오면서 변하는 풍경을 보다가도, 빠르게 지나갈 거라는 사실이 좀 아쉬워. 미르 구역 안의 봄은 여기보다 조금 더 오래 머물길 바라.

펜시어가

◇◇

2080. 4. 4.

멜에게

멜. 오늘은 네가 자주 하는 뜬구름 잡는 소리를 나도 내 편지에서 해볼 거야.

오늘은 정말 지극히 평범해서 편지에 쓸 수 있는 일상적인 사건 하나 없었어. 그래서 그 대신 두서없이 떠오르는 생각을 적어보려고 해.

3학년이 되어서, 학교에선 새로운 것들을 많이 하게 돼. 거의 1년 동안 끌고 가야 하는 장기 프로젝트들 같은 것 말이야. 나는 어떤 원대한 목적의식을 가지고 시작해도, 행동으로 옮기면 결국엔 노동으로 느껴. 내가 처리해야 할 일들. 지치고, 귀찮기도 하고, 달성해야 하는 과제로 대하게 됐지. 그래서 새삼 너란 인간이 얼마나 신기한 케이스인지 다시 한번 되짚어보게 됐어.

네가 벌렸던 크고 작은 프로젝트들 기억나? 넌 프로젝트가 고등학교에서 졸업을 위한 필수 이수 조건이기 훨씬 전부터 나름의 프로젝트들을 끊임없이 생산해냈잖아. 간단하게 시작하면 센터 새 단장을 위한 벽화 디자인 같은 일들. 나로서는 의미를 알 수 없는 사회 운동을 벌일 때도 있었고, 로봇 나무 같은 걸만들어낼 때도 있었지. 별 특이한 것들에 대해서 수학적 모델을만들어보려고 했고, 철학 에세이는 손 가는 대로 그린 낙서처럼막 쏟아냈고. 그 정도로 세상 모든 것을 들춰보고 다닌다면 지칠 만도 한데, 너는 네 무지를 마주하는 일이 네 생명의 원동력인 것처럼 굴었어. 모르는 걸 발견할 때마다 환희에 차서 말이야.

난 네가 정말…… 경이로웠어. 그래. 신기했다는 말보단 경이로웠단 말이 훨씬 어울리는 것 같다. 자연히 눈이 가는 게 어쩔수 없는 일이었다는 거, 이해해주길 바라. 어쨌든, 그렇게 꽤 오랜 시간이라고 자부할 만큼 긴 기간 동안 자의 반 타의 반으로널 관찰하다 깨닫게 된 사실이 있어. 너는 정말로 남한테 마음주지 않는 사람이야.

친절이나 선행이랑은 달라. 존중하는 거, 아끼는 것하고도달라. 넌 남한테 마음을 주지 않아. 넌 그냥 놀랄 정도로 타인에대한 관심이 없어. 네가 소냐랑 수진이 사귀는 걸 2학년이 되도록 몰랐단 것만 봐도 자명하지. 말도 안 되지만, 넌 사실 하나의이데올로기나 철학적 진리로 태어났어야 했는데, 어쩌다 실수로 사람 가죽을 입게 된 거 아닐까 진지하게 고민해본 적도 있었어. 나도 잘 알아. 너는 넓고 높고 빛나는 것들만 생각하느라 다른 사람이 발 들일 수 있는 마음이 없다는 거. 너는 내가 아니라 하늘을 보는 걸 좋아한다는 거. 하지만 네가 그 매일 다를 바 없는 광경을 황홀하다는 듯이 쳐다보고, 끝끝내 고개를 돌려서 날 마주하는 일이 없더라도 말이야, 난 하늘을 보는 네 모습을 지켜보는 게 좋아.

너는 우리가 도서관 뒤 창고로 간 수많은 날들 중 한 번도, 지붕에 올라가 있을 때는 고개를 돌려서 밑에 있는 나를 본 적이 없어. 나름의 장점은 있지. 네가 넋을 빼놓고 하늘을 보는 동안 나는 맘 편히 너를 지켜볼 수가 있거든. 하지만 어떤 날은 그게 한없이 쓰리게 느껴져. 너는 정말로 남에게 마음을 주지 않아.

괜찮아. 너는 늘 하던 대로 고개를 들어 하늘을 봐. 시선을 돌리지 않아도 돼. 나는 너를 계속 지켜볼 수 있어. 늘 하던 대로 하는 거지. 그러니 우리 둘 다 아주 잘해낼 수 있을 거야.

펜시어가

◇◇

2080. 4. 7.

테멜다.

어떻게 그럴 수 있어?

◇◇

2080. 4. 7.

멜에게

미안. 미안해. 방금 편지는 너무 충동적이었어. 내가 늘 해오던 일을 잘할 수 있다고 장담해 놓고서. 하지만 하지만 이런 식으로 끊으려고 하면

　지금까지처럼 하는 것도 못 하게

　지금은…… 내가 길게 편지를 쓸 순 없을 것 같다. 곧 또 편지를 쓸게.

　미르에서 잘 지내, 멜. 잘 지내.

펜시어가

◇◇◇

2080. 4. 14.

멜에게

멜, 내가 하는 조별 과제의 진척 상황에 대해서 너에게 전달할 의무가 있다고 생각해. 오늘 자 회의록을 첨부할게.

회의 날짜 : 4. 14

서기 : 펜시어
안건 : 홈페이지 지도의 그래픽 디자인 / 인터뷰

홈페이지 지도 그래픽 디자인

팀 디자인 담당 -> 직접 그래픽 디자인을 하기에는 프로그래밍
　　　　　　　　　지식이 부족함
* 유료 툴 결제하면 디자인한 것으로 홈페이지에 구현 가능.

1안 학교에 추가 예산 요구
이미 1차 예산안 심사가 완료된 후에 추가예산 신청을 할 경우 일부 금액만 인정될 가능성 있음.(관례적으로)

2안 사비로 충당

필요한 툴 가격대가 있어 팀원들에게 부담.

3안

복잡한 디자인 포기. 기본적으로 제공되는 테마 사용해서 깔끔하게
지도 제작.
홈페이지에서 보여주는 정보의 가독성이 좋아야 하는데,
기본 테마로는 이를 기대하기 어려움.
-> 디자인 담당자의 강력한 반대.

결론

빠른 시일 내로 학교에 추가예산 신청서 제출 -> 일부 금액만
지급받을 경우, 남는 금액을 팀원들 사비로 충당.
자료로 함께 제출할 수 있도록 디자인 담당은 간단하게라도
디자인 시안 작업할 것.

과거 업체에서 구출된 사람들 대상 인터뷰

진행할 경우, 목적 설정을 확실히 -> '불법 업체의 위험성을 알리고
홈페이지가 추진하는 활동의 의의를 효과적으로 전달하기 위함'으로
정리 가능.
기본적으로 익명. 원할 경우에만 기명으로 인터뷰 진행.

인터뷰이 컨택 방식

1안 SNS를 통해 홍보하고 모집

홍보 효과는 있을지 몰라도 변수가 너무 큰 방식. 신원을 정확히
확인하기 번거로움.
-> 기각

2안 공립 센터에 정식으로 문의.

성인이 되어 독립한 사람들에 대한 확실한 컨택 가능.
어린이/청소년 인터뷰 지원자가 있을 경우에도 인터뷰 진행 여부에
대해 센터 선생님들과 논의 가능.(직접적인 질문에 과도한 스트레스를
경험하지는 않을지 등)
-> 만장일치로 2안으로 결정.

 인터뷰어 ; 팀 과반수 이상의 동의로 펜시어로 결정.

2080. 4. 21.

[첫 번째 인터뷰 정리본]

인터뷰 진행자: 펜시어
인터뷰이는 H씨로 명명함.

먼저, 인터뷰에 응해주셔서 감사하다는 말씀을 전한다.
어떤 계기로 인터뷰를 결심하게 되셨는지?

어디 가서 내가 불법 미용시술 업체에서 구출되었단 얘길 본격적으로 한 적이 없다. 나는 그곳에서 발견된 일이 인생 최고의 행운이라고 여기는데, 아직 사회의 경각심이 불법 시술 업체의 위험성과 심각성을 따라오지 못한 것 같다는 생각이 들어 드러내는 걸 망설였다. 그러던 중 학생들의 프로젝트를 알게 되었고, 도움이 되고 싶어 인터뷰에 응하게 됐다.

사회의 경각심이 아직 부족한 것 같다고 말씀하셨는데, 그걸 직접적으로 느낄 때가 있었다면 언제였나?

불법 시술이 물밑에서 성행하고 있다는 걸 체감할 때마다. 사람들이 불법 시술 업체를 이용하는 것을 약간의 일탈 정도로 느낀다는 것처럼 말하거나, 심지어는 이를 주제로 농담까지 할 때 특히 그렇다.

동감한다. 처음 농담을 들었을 땐 정말 충격받았던 기억이 난다.

맞다. 사실 센터에서 자란 아이들 중에는 업체에서 구출된 아이들이 무척 많다. 그곳에서의 시간을 선명히 기억해서 힘들어하는 아이들도 많다. 그러다 보니 센터 내에서는 자연스럽게, 서로를 존중하고 아픈 말을 하지 않는 법을 터득하는 것 같다. 모두가 업체의 심각성을 체감하고 서로의 상처에 공감할 수 있는 커뮤니티다. 그런데 이 커뮤니티는 센터 안에서만 존재할 뿐 사회 전체로 뻗어나가질 않는다. 그래서 사람들에게 상처받거나 실망할 때가 많이 있다.

혹시 불법 시술 업체에서의 기억을 논하는 것이 괜찮으신지.

어렸을 때는 말을 꺼낼 때마다 긴장되었다. 지금은 정식으로 독립한 지도 오래되었고, 이야길 하는 것은 괜찮다. 업체는 실험장을 사립 보육센터로 둔갑시켰다. 겉만 보면 멀쩡한 건물이지만, 말만 보육센터지 제대로 제공되는 것이 하나도 없었다. 실험 기구를 들여놓는 공간 때문에 바글바글한 어린아이들이 구석에 구겨져서 지내야 했다. 밤이 되면 바닥에 일렬로 다닥다닥 붙어 누웠다. 이불은 얇은 담요 한 장이 전부였다. 손님이 방문해도 멀끔하게 꾸며놓은 응접실과 보여주기용으로 만든 방에만 데려가서, 우리가 발견되는 것이 쉽지 않았다.

실험은 밤낮이 없었다. 급하면 새벽에 막무가내로 깨워서 수술대로 데려갔다. 업체는 홍채 이식 시술을 주로 했는데, 아이들은 속으로 실명되지 않기를 빌 수밖에 없었다. 그곳에 있으면서 인격체로 대한다고 느낀 적이 없다.

어떻게 업체를 나올 수 있었나?

그땐 그곳이 너무 싫었지만 절대 벗어날 수 없을 거라고 생각했다. 뭘 해도 내가 있는 곳을 찾아내서 날 다시 데려갈 거라는 이상한 믿음을 가지고 있었다. 게다가 내가 있던 지역의 경우에는, 단속하는 반과 담합이 있었다고 했다. 결국 업체는 평소에 의구심을 품고 있던 시민의 신고로 발각되었고, 나와 아이들은 그곳을 벗어나 센터로 갈 수 있었다. 시민분께 정말 깊은 감사를 전하고 싶다.

지금 나와 같은 처지인 아이들이 많이 있다. 학생들의 프로젝트가 그런 아이들에게 희망이 될 수 있을 거라고 믿는다.

2080. 4. 28.

[두 번째 인터뷰 정리본]

인터뷰 진행자: 펜시어
이번 인터뷰에는 우베도 동행함.
인터뷰이는 R씨로 명명함.

인터뷰에 응해주셔서 감사하다.

오히려 너무 잡고 싶던 기회였다. 아무래도 직장에 다니다 보니 불법 시술을 근절하기 위한 조직적인 활동에 참여하기도 어려웠고, 주변인들에게 심각성을 알리는 데에도 개인으로서 한계가 있었다. 그런데 이렇게 인터뷰 요청을 받게 되어 굉장히 기뻤다.

활동에 엄청난 열정이 있는 것처럼 느낀다. 특별한 계기가 있나?

내가 업체에서 구출된 본인이라는 게 가장 큰 계기일 거다. 업체에서 아이들을 구출해내는 일이 얼마나 중요한지 직접 겪어보았기에 알 수 있다. 지금 내가 겪는 일상조차, 업체에서 탈출하지 못했다면 상상하지도 못했을 일이다.

불법 시술 업체의 실상에 대해서 이야기해주실 수 있는지.

사실 구출 당시에는 나이가 어렸기 때문에 눈앞의 고통에만 급급했지, 구조적인 문제를 보기란 불가능했다. 센터라는 품에서 벗어나 비로소 완전히 독립하게 되었을 때가 되어서야 보이는 것들이 있었다. 불법 미용시술을 하는 업체는 이 사회의 다수가 뒤돌아섰을 땐 발 담그고 있지만, 일상에서는 함부로 입을 올리지 않는, 모두가 묵인하는 어떤 것이 되어버렸다. 워낙 발 담그고 있는 사람들이 많기에 사회가 불법 업체의 존재를 적극적으로 논의하지 않고 덮어둔다. 업체는 그 묵인 속에서 계속 몸집을 키운다. 결국 죽어 나가는 건 사립 보육센터랍시고 만들어놓은 허울뿐인 시설에 갇힌 수많은 어린아이들이다. 시설에서 제대로 된 보육을 기대해서는 안 된다. 한 방에 아이들을 열 명이 넘게 몰아넣고 음식은 죽지 않을 정도로만 줬다. 제대로 된 교육은 말할 것도 없다. 시설에서 벗어날 때까지 나는 글자 한 자 읽는 법도 제대로 못 배웠다. 업체가 일삼는 일들은 심각한 범죄다.

진심으로 동의한다. 하지만 사회가 가지는 경각심이 정말 많이 부족한 것 같다. 어떻게 개선할 수 있을까?

이와 같은 프로젝트들이 늘어나야 한다고 생각한다. 그림자에 숨어 있던 불법 업체들을 끊임없이 수면으로 끌어올려야만 한다. 불법 미용시술이 덮어두고 넘어갈 수 있을 만한 행위로 취급되어서는 안 된다. 말을 꺼내고, 적극적으로 행동해야 한다.

이번 프로젝트가 긍정적인 변화를 이끌 수 있을 거라 생각하시는지?

물론이다. 어떤 행위를 이끌어내기 위해선 그 행위를 손쉽게 실천할 수 있는 길을 내라는 말도 있지 않은가. 지금까진 불법 미용시술에 대한 경각심을 행동으로 이을 만한 루트가 너무 번거로웠다. 학생들의 프로젝트로 의심을 확인하는 것과 알리는 것, 이 두 가지 과정이 훨씬 편리해졌다고 생각한다. 잘 되길 바란다.

2080. 5. 4.

[세 번째 인터뷰 정리본]

인터뷰 진행자: 우베
인터뷰이: 프로메트 센터장님.

바쁘실 텐데 직접 인터뷰에 응해주셔서 정말 놀랐다.

업무는 바쁘지만, 보육센터를 관리하는 사람으로서 학생들의
뜻깊은 프로젝트를 알리는 일에 동참하는 것이 당연하다고 생
각한다. 정말 중요한 문제인데, 관심을 가지고 행동한 것에 센
터장으로서 감사드리고 싶다.

센터에는 불법 시술 업체로부터 구출된 아이들이 많은가?

상당수 아이들이 그런 경우다. 원래 불법 미용시술은 늘 존재했
지만 뿌리뽑히지 않았는데, 30여 년 전 연쇄적인 발전소 폭발
사고를 기점으로 사회가 일종의 아노미 상태를 경험했을 때 몸

집이 크게 불어났다. 혼자된 아이들이 업체의 시술 시범과 실험을 위해서 강제로 끌려가거나, 심지어는 상품처럼 거래되는 일도 많이 있다. 그래서 불법 업체들을 찾아내고 아이들을 안전하게 센터로 데려오기 위해서 최선을 다하고 있다.

불법 업체를 적발하는 데에 많은 어려움이 있을 것 같다.

헤라클레스의 12과업 중 히드라를 퇴치하는 일과 같다. 히드라의 머리 하나를 베어내면 두 개가 자라나는 것처럼, 한 곳을 적발해도 우후죽순 새로운 불법 업체들이 생겨난다. 최선을 다하고 있지만, 절대적인 수가 너무 많다. 시민분들이 적극적으로 업체들을 신고할 수 있는 네트워크가 형성된다면 정말 큰 도움이 될 거라 믿는다.

구출되어 센터에 온 아이들에 대한 이야기를 해주실 수 있는지.

정말 다양한 아이들이 온다. 어떤 아이는 굉장히 선명한 기억을 갖고 오고, 어떤 아이는 아무것도 기억하지 못한다. 금방 센터에 적응하는 아이가 있는 반면, 두려움에 움츠러들지 않아도 된다는 사실을 깨닫는 데 시간이 오래 걸리는 아이도 있다. 하지만 공통점이 하나가 있다면, 센터에서 시간을 보내면서 자신이 '집'이라고 여길 만한 걸 찾아낸다는 것이다. 같은 그룹으로 배정받은 아이들을 가족이라는 이름으로 부를 줄 알게 된다.

그전까지 아이들이 마음 붙일 곳을 찾기란 어려웠을 것이다. 이 세상에 의지할 만한 지붕이 없는 것처럼 느끼는 시간을 홀로 보내야 했을 것이다. 저도 비슷한 아픔을 안다. 저도 불법 미용 업체의 규모가 한창 불어나던 삽십 년 전, 센터로 올 수 있었던 아이들 중 한 명이다. 센터는 나의 집이 되어주었고, 나도 내가 받았던 따뜻함을 다음 세대, 그다음 세대 아이들에게 돌려주고 싶었다.

센터는 아이들에게 이 세상에서 가장 든든한 지붕이 되어주고자 한다. 그렇게 해서 아이들이 모진 비바람으로부터 안전하게 지낸 뒤 수년이 지나, 햇빛 쨍쨍한 어느 날에 자유롭게 지붕 밖으로 발을 내디딜 수 있도록.

◇◇◇

2080. 6. 21.

[프로젝트 현황 업데이트 (6. 21) - 펜시어]

- 불법 미용 업체 3곳 적발
- 35명의 아동 청소년 구출
- 절차에 따라 4개 센터에 배정 완료

5명의 아이가 프로메트 선생님의 센터로 배정됨.

2080. 7. 2.

테멜다에게

안녕 멜. 오랜만이야. 그리고 정말 오랜만에 제대로 된 편지네.

아무렇지도 않게 편지를 이어나가는 건 염치 없겠지. ······미안해, 테멜다. 세 달 동안 제대로 편지하지 않은 거. 그래, 무려 세 달 동안이나. 난 멍청이야. 진짜 정말로 멍청한 놈이야. 무슨 일이 있더라도 너한테 제대로 된 편지를 썼어야 했어.

내가 그 편지를 보냈을 때······ 시기가 너무 안 좋았던 것 같아. 감당하기에 너무 벅찼어. 정신도 없었고. 그래서 감정을 다 추스르지 못한 상태에서 너에게 편지를 쓸 수 없다고 생각했어. 그런데 생각보다 시간이 너무 오래 걸렸고, 봄이랑 초여름까지 지나 버렸어.

······정말 형편없는 변명이다. 미안해, 멜.

오늘 너한테 꼭 말해주고 싶은 일이 있었어. 그 소식을 전하

면서, 네가 나오기까지 다시 편지를 써도 될지 허락을 구하고자
해.

　우리 홈페이지 프로그램을 통해서 구출됐던 아이들이 오늘
우리 센터로 왔어. 각자 배정받은 그룹으로 이사를 하고, 이제
이 센터를 집으로 삼기 위해서. 프로메트 선생님께서 나를 부르
셨어. 그 애들을 만나보라고 말이야.
　센터에 살면서 새로 등록되는 아이들의 얼굴을 수도 없이 봐
왔는데 왜 그렇게 떨렸는지 모르겠어. 심지어 정말 짧게 인사
만 나누러 간 거였는데도. 스페어 아이디 카드를 받아들고 프로
메트 선생님 사무실로 향하는 복도를 걷는데 심장이 튀어나오
는 줄 알았어. 복도가 이렇게 길었나 싶었지. 사무실 문 바로 앞
에 섰을 때에도, 문을 두드리기까지 일 분은 망설인 것 같아. 결
국 문을 열고 들어갔을 땐, 소파에 일렬로 앉아 있는 다섯 명의
어린아이들을 볼 수 있었어. 다들 커다란 컵을 두 손으로 들고
거기 담긴 주스를 홀짝거리고 있었어. 프로메트 선생님이 어떻
게 달래신 건지, 다들 얼굴에 긴장한 기색이 별로 없었어. 대신
호기심을 가지고 사무실을 살피고 있었지. 여자아이 하나가 프
로메트 선생님 책상 위에 놓인 네 스페어 아이디 카드를 발견한
것 같았어.
　책상 끄트머리를 가리키면서 '이건 뭐예요?'라고 묻더라. 선
생님은 그게 예전에 이 센터에 살던 오빠가 쓰던 아이디 카드이

고, 이걸 가지고 있으면 센터 도서관이나 컴퓨터실 같은 곳들에 들어갈 수 있다고 친절하게 설명해주셨어. 그 여자아이가 자기도 그런 카드를 가질 수 있냐고 묻는데, 그 순간 센터가 이 아이들의 집이 되리란 걸 알 수 있었어. 언젠가 독립하게 되더라도. 이 센터가 아이들의 어린 시절, 머리 위로 쏟아지던 비를 피하게 해줬던 집이 될 거란 걸 확신할 수 있었어.

자란 아이들은 새집을 찾아가고, 어린아이들은 이곳에서 집을 찾고. 또 자라 나가고, 새로운 아이들을 위해 자리를 남겨줄 거야. 이런 중요하고 당연한 사실들은 왜 굳이 잊혀야만 다시 기억나는지 모르겠다.

어찌 되었든, 이게 내가 전하고 싶었던 소식이야.

네가 미르에서 나올 날을 기다릴게.

펜시어가

2080. 7. 6.

멜에게

오늘은 너한테 기쁜 소식을 전하게 됐어. 튜르에게 좋은 일이 있었거든. 그냥 좋은 정도가 아니지. 튜르가 학기말 시험에서 학년 수석을 했어. 정말 대견해. 그룹 맏이 역할을 하면서 애들 챙기는 것도 만만찮았을 텐데 대단한 성과를 낸 게 너무 기특하더라.

튜르가, 네가 보고 싶대. 너한테 부끄러운 동생이 되고 싶지 않아서 열심히 했다고. 내가 전에 보육센터에 들렀을 때 보낸 편지 기억나? 마지막에 애들이 했던 말 받아 적어서 보냈던 거? 오늘 튜르가 그러는데, 애들이 그러는 게 좀 우스꽝스럽기도 했대. 그런데 사실은 자기도 너한테 열심히 하고 있으니까 응원해달라고, 잘할 거라고 말해달라고 하고 싶었대. 같은 그룹으로 배정받고 거의 평생을 함께한 사람이고, 늘 의지가 됐던 맏이니까. 이렇게 말하면 나는 별 의지가 되지 않았다는 식으로 들리긴 하는군. 내가 아까 따질 땐 아니라더니. 나중에 보육센터에

한 번 더 들러서 응징하는 데 너도 동의할 거라고 믿어, '늘 의지가 되는 만이'야.

만이는 원래 우리 둘을 지칭하는 말이었는데. 이제 우리 둘 다 그 이름으로 불릴 일이 없으니까, 갑자기 그 단어가 낯설게 느껴졌어. 그 오랜 기간 보육센터 안에서 그렇게 불렸는데, 일 년도 채 안 돼서 익숙했던 걸 이렇게 멀게 느낀다는 게 이상한 일인 것 같아.

테멜다, 나는 너와 함께 마지막 해를 센터에서 보내고 2080년이 지나면 그때 함께 독립하고 싶었어. 네가 열일곱이 되었을 때, 그러니까 제한된 형태의 조기 독립을 할 수 있는 나이가 되었을 때, 독립 신청을 하겠다고 했을 땐 말리고 싶었어.

하지만 너는 말로 한 것은 반드시 행동으로 옮기니까, 독립 신청을 했다면 내가 무슨 말을 해도 취소하지 않으리란 것도 잘 알았지. 내가 독립할 때까지 센터에서 지내고 싶었던 건 너와 생활할 수 있기 때문이었어. 그래서 내심 나도 조기 독립을 고민했어. 독립해서 너와 가까이 지내는 게 더 좋으니까. 마찬가지 이유로 네가 미르에 입주하겠다고 했을 때 센터에 남아 있기로 결정한 거야. 네가 벽에 둘러싸인 오염구역에서 1년 살다가 온다는데, 나 혼자 센터 밖에서 생활할 필요가 없으니까. 그러다 다시 나온 이유는, 뭐. 네가 잘 알겠지.

아무튼 미르에서도 튜르를 계속 응원해줘. 시험이 끝났으니 걔도 오늘 너한테 편지를 쓸지 모르겠다.

미르가 여름에 너무 덥지 않길 바라.

팬시어로부터

2080. 7. 15.

멜에게

여름방학이야 멜. 내 방의 냉방 시스템은 잘 작동되고 있어. 하지만 네가 있는 미르 구역의 더위는 어떻게 할 수가 없겠지.

의무적으로 정화작업에 참여하는 너와 네 모든 친구들에게 애도를 전한다.

맞다, 멜. 네가 두고 갔던 책들을 또다시 읽어보려고 해. 여름방학을 맞아서 새 도전을 하는 거지. 중도 포기하지 않도록 힘을 실어줘.

펜시어가

◇◇

2080 . 7 . 16 .

멜에게

『한정경의 편지』

'내 삶이 자연의 법칙처럼 네 영생을 스쳐 지나가기 전에,
내 의지로 이별을 고하고 싶었어. 지극히 평범한 인연처럼.'
에 밑줄.

 사람이 사람과 만나 서로에게 유일한 존재가 된다는 건 얼마나 기적
같은 일인지. 사랑을…… 이라고 메모.

 왜 문장을 제대로 끝맺지 못했는지 궁금한걸. 네가 연애라는
것에 티끌만큼이라도 관심이 있을 줄은 몰랐네. 네가 매력을 느
끼는 사람들은 모두 다 몇백 년 전 위인들인 줄만 알았거든. 너
를 이미 유일한 존재로 정한 사람의 존재를 고려조차 않기도 하
고 말이지. 아무튼 너의 연애관을 이해하는 데 참고할게.

펜시어가

2080. 7. 19.

테멜다에게

『아름다운 눈』

'언론이 지난 몇 년간 피해자들을 다루어왔던 방식의 폐해이다. 자연적으로 존재할 수 없는 색상의 눈을 가진 피해자들에게 신비로움이라는 프레임을 씌워, 오히려 피해자들을 전면에 내세운 것이다.'

'센터에서 지낸 일상에서의 반복적인 스테레오타입에 노출되지 않거나, 직접적인 차별을 적게 경험한 아이들이 심리적으로'

'저자는 아이들 스스로가 움츠러들 만한 인식을 어렸을 때부터 각인시키는 것에 반대하는 견해'– 이것 말고도 책 여기저기에 밑줄을 그음.

멜, 이 책에는 유난히 밑줄 그은 부분이 많다. 메모는 없고. 네가 남겨두고 간 편지에서 네 눈이 네가 담고 살아가야 하는 복잡한 감정의 덩어리라고 그랬지. 넌 이 책을 읽을 때 어떤 감정을 경험했어? 업체로부터 빠져나온 우리를, 우리 그룹을 보면서 무슨 생각을 했어? 네 복잡한 감정의 덩어리에서 평소보다 슬픔이 차지하는 비중이 더 컸을까?

너에게 위로를 전하고 싶어도 넌 너무 강하고 아무렇지 않아서 탈이야. 넌 네가 마주한 개인적인 문제들을 학구적으로 파고들면서 재미를 붙이는 버릇이 있어. 알아?

펜시어가

◇◇

2080. 7. 23.

멜에게

『2월』

'난 2월의 끝에서 죽을 거야, 앤서니.'에 동그라미 여러 번.

얘가 뭐라는 거야???? 라고 메모.

나도 이 부분 읽을 때 엄청 당황했는데. 정말 전개를 하나도 예측할 수 없더라. 이 페이지에서만큼은 너와 같은 파장의 감정을 공유한 거 같아 기쁘네.

펜시어가

2080. 7. 30.

멜에게

오늘 우베랑 약속이 있었어, 멜. 프로젝트를 함께하면서 가끔 사적으로 연락을 했는데, 방학 동안 알아보고 싶은 주제에 대해 물어볼 게 있다면서 점심을 사겠다고 하더라. 하지만 이번 편지에서 중요한 건 그게 아니지. 초등학교 때 우베랑 있었던 일에 관한 거야.

난 그냥 우베한테 무슨 일이 있었는지 자세히 말해달라고 했어. 그리고 우베는 네 출신 정보를 몰래 알아내서 사회 수업 시간에 네가 지냈던 곳을 웃음거리로 만드는 발표를 했던 일을 털어놨어. 불법 미용 홍채 시술을 하는 작업장, 그리고 미용 홍채 시술을 받는 사람들을 비꼬는 가벼운 내용의 발표. 잘 모르는 사람들은 그런 불법 시술에 대해 가볍게 이야기하고, 유행처럼 농담을 해. 한담을 나눌 만한 주제인 것처럼 말이야. 그것만으로도 충분히 나쁘지만, 우베는 악의를 가지고 그런 발표를 했어. 보육센터 소속이라면 누구든 우베가 한 일을 그냥 넘길 수 없었을 거야.

내가 우베 얘기를 꺼낼 때마다 너는, 걔가 누군지 기억이 희미하다는 듯이 굴었지. 크게 힘든 일이 아니었던 것처럼. 하지만 테멜다, 이건 그냥 나한테 말해도 좋았을 거야. 네가 정말로 괜찮다고 하더라도, 진짜로 신경 쓰지 않았다고 하더라도 아주 잘못된 일이었잖아.

내가 그때 너를 대신해서 화를 낼 수도 있었을 거야. 우베랑 몸싸움을 했을 수도 있겠지. 이제 와서 같이 점심이나 먹고 있었던 우베한테 주먹을 날릴 수는 없었어. 걔한테 버럭 화를 내지도 않았지. 하지만 내가 힘이 될 수 있는 일을 전혀 모르고 있었다는 사실에 대해서는 너무 화가 났어.

너는 어쩌면…… 정말 괜찮았을 거라고 생각해. 정말 아무렇지도 않았겠지. 하지만 네가 하늘의 별이랑 달만 생각하면서 옆에 있는 사람 신경 쓸 틈이 없는 사람이라고 해도, 나는 너와 같지 않거든. 다시 말하는데, 내가 너를 대신해서 화를 낼 수도 있었을 거야. 나는 네가 뭘 겪었는지 늘 듣고 싶어. 나는 준비가 되었으니 네가 말만 하면 되는 거야.

펜시어가

2080. 8. 5.

테멜다에게

'너는 그래도 생각하고 말하는 걸 멈추지 않을 거야. 네가 『죽은 자들이 우주에 갈 수 있을까』에 메모한 것처럼, 넌 멈추는 법이 없을 테고 한 발 더 내디딜 수 있는 공간이 있다면 나아가기를 선택할 거야.'

2회독 하다가 네가 메모를 남긴 부분에 내가 추가로 남긴 메모를 발견했어. 편지에도 똑같은 내용을 쓴 적이 있지. 너는 아마 못 받아봤을 거야. 그 편지는 안 보낸 편지 중 하나였거든.

팬시어로부터

2080. 8. 8.

멜에게

그래, 방금 뉴스 봤어. 미르의 주거지역에 있는 물품들에 대한 검증이 드디어 끝났다고. 이제야 네 편지를 실물로 받을 수 있게 됐어. 오후쯤이면 흑연 가루가 문질러진 종이 뭉치들이 내 방에 도착하겠지.

미르 구역을 복원하는 작업에 언론의 관심이 높다는 거 잘 알지. 이렇게 몇 개월 동안이나 모든 물품에 철저한 검증을 하는 것도 완전히 이해 못 하는 건 아니야. 하지만 과학적으로 아무런 문제가 없다는 게 검증이 된 후에도 언론을 의식해서 물품들을 묵혀 놓는 건 너무 비효율적이지 않아? 난 네 편지의 홀로그램 스캔본을 닳도록 읽느라 눈이 빠졌다고. 여름이 다 될 동안 하도 돌려 읽었더니 눈이 나빠진 것 같아.

아무튼 미르 안 주거지역에 있는 물품들에 대한 모든 검증이 끝났다는 뉴스를 처음 봤을 때 정말 반가웠어. 난 이미 너한테 이렇게나 많은 편지를 보냈는데 너의 편지들은 이제야 도착하다니, 좀 웃기지. 통신이 안된다는 점은 변함없지만 이젠 너도 나한테 뭔가 '진짜로' 보낼 수 있게 되었네.

펜시어가

◇◇

2080. 8. 9.

멜에게

안녕 멜.

어제 편지에서 이야기했던 내 예상이 틀렸어. 네가 쓴 편지는 드론으로 발송되지 않아서 지금에야 도착했거든. 드론 대신 미르 구역 관리위원회 직원분이 직접 들고 오셨지. 넌 몰랐겠지만 난 이 관리위원회 직원분과 구면이야. 저번에 만났을 때가 봄의 한가운데였는데, 그땐 언론에 시달리느라 다크서클이 엄청 짙게 내려와 있었어. 지금은 그래도 얼굴색이 많이 나아지셨더라.

네가 미르에서 잘 지내고 있냐고 여쭤보니까 당황하시던데. 넌 도대체 거기 가서도 무슨 일들을 벌여놓고 돌아다닐지 감도 안 잡혀서 더 걱정이다. 나무관찰일지도 처음에만 보내주고 말이야. 물론 공적인 일들에서 네가 실수하지 않을 거라고 믿지만, 궁금한 건 궁금한 거니까.

지금 잠깐 공원 테이블에 앉아서 편지를 쓰고 있는 거라, 길게는 못 쓸 거 같아. 지금 집으로 돌아가는 길이야. 네 편지는 내 가방에 잘 모시고 가고 있으니까 걱정하지 말고. 집에 도착하자마자 파일에 끼워서 깔끔하게 보관해놓을 거야. 네 말마따나 다신 겪기 어려운 낭만이니까, 네가 나올 때까지 잘 간직하고 있을게. 너도 내 편지 하나도 잃어버리지 말고 잘 들고나와.

펜시어가

2080. 8. 14.

멜에게

멜, 오늘 학교 마치고 잠깐 센터에 들렀어. 네가 만든 독서클럽이, 내가 원년 멤버였던 건 어떻게 알았는지 날 모임에 초청했기 때문이었어. 그러니 나름 공적인 일로 간 거지. 네가 미르 구역에 있으니까 설립자인 너 대신이라고 봐도 좋겠지.

　다른 날 센터를 방문했을 때도 사서 선생님들과는 시간을 오래 보낼 수 없었는데, 오늘은 두어 시간 테이블에 둘러앉아서 이야기를 나눌 수 있어서 좋았어.

　맞다, 독서클럽을 이어받은 애들이 이번에 고른 책은 『호수가 끼고 있는 집』이었어. 네가 남겨두고 간 책 중 하나였지. 내 기억이 맞는다면 예전에 너한테 이걸 읽고 편지를 썼던 것 같은데.

　아무튼 다행히 전에 읽은 적이 있는 책이라, 어린애들 앞에서 헛소리하지 않고 토론에 참여할 수 있었어.

　테멜다. 너도 같이 있었으면 정말 재미있었을 거야. 끝나고 프로메트 선생님께서 특별히 시간까지 내서 저녁을 사주셨어. 조기 독립해 나간 지가 언젠데 아직도 날 많이 걱정하고 계신 걸 보고, 기분이 묘했어. 센터에 있을 때도 기본적인 집안일은 알아서 다 했는데, 선생님은 내가 청소 로봇 관리도 제대로 못할 거라고 의심하시더라니까. 내가 청소 로봇을 망가뜨린 건 십 년 전 일이고, 솔직히 말해서 옆에서 부추긴 네 탓도 반은 되는데 말이야. 넌 늘 여기에 동의하지 않았지만. 아무튼 선생님께 우리는 영원히 아이 같아 보이는 거겠지.

여덟 살 때 우리 그룹 거실 창문을 거하게 해먹은 테멜다여, 그곳에서 네가 쓰는 방 창문은 안 깨고 잘 닦길 바란다.

펜시어가

◇◇

2080. 8. 17.

멜에게

멜, 갑자기 불안한 생각이 들어서 편지를 보내. 물론, 그래. 고등학교 조기 졸업도 인정받고 미르까지 다녀왔는데, 대학은 너한테 더 이상 문제가 아니지…… 아닌 거 알아. 그래도 자료 정리는 필요한 거 알지? 네가 나갔던 대회라던가, 했던 활동이라던가. 증빙할 서류들은 다 준비된 거 맞아? 제발 내 불안한 예감이 빗나가길.

펜시어가

2080. 8. 18.

멜에게

너한테 대답 들을 때까지 못 기다릴 것 같아서 행정실에 문의해
봤어. 너 그럴 줄 알았다.

펜시어가

2080. 8. 28.

테멜다에게

멜, 그동안 편지가 좀 뜸했지. 이해해줘. 너를 돕느라 정신이 없어서 그랬던 거니까.

학교 행정실에 네 자료를 요청했어. 각종 대회 본부에도 직접 전화해서 실물 상장을 내놓으라고 했지. 감사 인사는 네가 미르에서 나오면 정식으로 받을게.

넌 이런 면에서 너무 꼼꼼하지 않아서 탈이야. 네가 나간 대회들만 해도 미리미리 요청해야 하는 증빙서류가 얼만지 알아? 모르겠지! 내가 오늘 대신 다 요청했으니 기한에 맞게는 도착할 거야. 트로피 몇 개는 그냥 내 방으로 보내달라고 했어. 네가 참여한 대회랑 행사만 몇 개인지, 명단을 완성하는 데만 몇 시간 꼬박 걸렸다. 오히려 미르에서 한 해를 보내는 동안은 외부 활동을 할 수 없으니까 너한텐 휴식이 되겠다는 생각이 들 정도로 뭘 많이 해놨더라. 네가 가끔 얘기해주는 것들로 대략은 알고 있었지만, 직접 확인해 보니까 놀라운 기분이 드는 건 어쩔 수 없었어. 넌 정말 비범한 삶을 살아왔구나 싶어.

아, 그리고 미란다 선생님께서도 개인적으로 나한테 방대한 양의 자료를 넘겨주셨어. 네가 1학년 때부터 선생님 수업 시간에 제출했던 보고서나 숙제들을 다 모으셨더라고. 정말 감사한 일이지. 자료들 중엔 네가 절대 보여주지 않겠다고 했던 보고서들도 섞여 있더라. 양심과 호기심 사이에서 갈등했지만, 결국 양심이 승리했으니 안심해.

아무튼 받은 자료들은 모아서 정리해둘 테니까, 나중에 나왔을 때 이거 가져가는 것도 잊으면 안 된다. 내가 요청했다는 트로피나 상패들도 가을 안에는 다 도착할 거야. 네가 잊어버리면 내가 챙기는 수밖에 없지 뭐.

펜시어가

2080. 9. 1.

멜에게

가을이 시작됐어, 멜. 이게 뭘 의미하는지는 너도 잘 알겠지. 겨울, 봄, 여름을 지나서 이제 가을이야. 가을의 마지막 달 첫날에는 미르에 입주했던 민간인 입주민들이 돌아와. 이제 오늘로부터 딱 두 달 뒤야.

벽으로 둘러싸인 그 공간은 편지로 다 파악하기에는 너무 크고 복잡해. 제대로 알려면 갔다 온 사람의 자세한 증언이 필요할 거야.

물론 타지에서 고생하다 온 너는 오자마자 쉬고 싶겠지만, 네가 돌아온다면 해야 할 일들이 정말 많아. 일단 보육센터에 들러서 프로메트 선생님과 그룹 애들을 만나야지. 그다음에 도서관에 가서 사서 선생님들께도 인사드리고, 도서관 창고 지붕도 들러야 해. 내가 방금 적은 건 우선적인 것들일 뿐이야.

그 후에 넌 내 방에 놀러 와야지. 우리 둘이 들어가면 너무 좁을 게 분명하지만. 최대한 편안하게 앉은 다음, 밤이 샐 때까지 떠들 거야. 학교 애들을 다 홀로행아웃으로 불러낸 다음 이튿날 밤도 새고…… 체력을 비축해 둬야겠는걸, 테멜다.

펜시어가

2080. 9. 10.

멜에게

오늘은 자랑할 게 있어. 미란다 선생님 수학 시간에 소냐랑 문제 풀이 내기를 했는데, 내가 이겼어(소냐는 원래 이 수업을 놓칠 뻔했는데 네가 미르 구역에 들어가는 바람에 자리가 나서 수업을 들을 수 있게 됐어. 그러니까 이 내기는 엄밀히 따지면 네 부재가 성사시킨 거야). 내가 원해서 시작한 내기는 아니야. 진도가 조금 빨랐던 탓에 남는 시간이 좀 생겼고, 선생님께서 난데없이 내기를 제안하신 거야. 선생님다운 일이었지. 애들은 가뜩이나 수학에 호승심을 불태우는데, 당연히 다 좋아했고.

선생님은 반을 두 팀으로 갈라서 각 팀에서 한 명씩 불러낸 다음, 칠판에서 문제를 풀게 하셨어. 나랑 소냐는 끝 번호에 가까워서 우리가 호명될 무렵엔 수업 시간이 5분 정도밖에 안 남았어. 그런데 미란다 선생님은 우리에게 정말 어려운 문제를 내주셨어.

소냐의 장점은 문제 해결 상황에서 일단 침착하게 할 수 있는 것들을 한다는 거야. 관련이 있을 만한 공식들을 우직하게 대입해보는 것 같더라. 너도 내가 소냐랑 풀이 스타일이 비슷하단 건 알고 있을 거야. 그런데 이번에는 문제를 잘 살펴보니까, 네가 평소에 풀던 방식대로 풀 수 있을 것 같은 생각이 들었어. 그래서 뜸을 들이다가 약간의 도박을 해보기로 했지. 네가 예전에 비슷한 유형을 설명할 때, 도형을 이용했던 걸 따라 해본 거야. 그런데 멜, 정말 그렇게 하니까 문제가 놀랍도록 빠르게 풀리더라. 수업이 끝나기도 전에 문제를 완벽하게 풀었어.

　생소한 풀이여서 그런지 애들은 수업 시간이 끝난 후에 엄청 많은 질문을 퍼부었어. 난 과정을 설명하면서 네가 알려준 풀이 방식이란 이야기를 잊지 않고 했어. 정말로 네 덕분이야. 너한테 지혜를 구할 수 있어서 다행이야.

펜시어가

2080. 9. 22.

멜에게

안녕, 멜.

　오늘 클레아드 형이 다시 센터에 놀러 왔다고 연락이 와서, 같이 점심을 먹었어. 정식으로 독립하면 아타락시아에 방문하고 싶단 생각은 아직 변함없는 거지? 바뀌었으면 안 되는데. 클레아드 형하고 오후 내내 아타락시아 여행에 대해 이야기했거든.

　날씨는 언제가 가장 좋은지, 꼭 방문해야 하는 명소는 어디인지. '휴식의 수요일 밤'에는 아타락시아에 있는 5개 큰 공원들 중 어디가 가장 좋은지까지 상세하게 물어봤어. 클레아드 형의 작업실이나 애인인 웨일턴 씨의 작업실에 놀러 와도 된다는 허락까지 받았어. 오해하지 마, 내가 가고 싶다고 우긴 거 아니야. 클레아드 형이 떠밀 듯이 추천한 거지.

아타락시아까지 가는 교통편은 내가 생각했던 것만큼 비싸진 않더라. 걱정은 숙소야. 클레아드 형한테 추천을 받긴 했는데 찾아보니 죄다 1인실 위주더라고. 아무래도 숙소는 네가 나오고 나서 다시 논의해봐야 할 것 같다, 테멜다.

우리가 센터에 어떠한 보고도 올리지 않고 자유롭게 아타락시아를 다녀오려면 내년은 되어야겠지. 조기 독립을 했다 해도 나이가 차기 전까진 제약이 존재하니까.

내가 무신경하게 여행 얘기만 잔뜩 하고 왔다고 생각하는 건 아니겠지? 걱정 마, 클레아드 형의 근황도 전해줄게. 형은 조각가로서 계속 성장하고 있어. 첫 작업실 얻은 지 얼마나 됐다고 더 넓고 좋은 곳으로 옮긴대. 후원받는 미술관에서 입구에 설치할 거대 구조물 의뢰까지 들어왔다더라. 형이 프로메트 선생님께 선물하려고 가져온 작품집을 슬쩍 보여줬는데, 문외한인 내가 보기에도 대단한 것 같았어. 말로 잘 표현하지는 못했지만. 넌 예술에도 조예가 깊으니까 나보다 더 심오한…… 그런 의미를 포착해낼 수 있으려나. 클레아드 형도 네 감상을 듣고 싶어해. 정식으로 독립한 후엔 꼭 아타락시아를 가자. 넌 나한테 별로 흥미가 없으면 굳이 함께 가 줄 필요는 없다고 했었지? 이젠 진심으로 아타락시아에 가보고 싶어. 정말로.

펜시어가

2080. 10. 4.

테멜다에게

멜, 날씨가 많이 쌀쌀해졌어. 미르구역의 날씨는 어때? 아직 따뜻함이 감돌고 있을까?

　일주일만 있으면 우베와 했던 합동 프로젝트가 마무리돼. 자랑하는 건 아니지만, 선생님들의 기대를 많이 받고 있는 건 사실이야. 다른 팀원들도, 우베도 굉장히 잘해줬어.

　곧 있을 프로젝트 발표회를 위한 프레젠테이션 준비를 하고 있어. 대본을 짜야 하는 것도 일인데, 함께 프로젝트를 하는 다른 멤버가 좀 화려한 걸 시도하고 싶어 해서 고생이야. AR 프로젝터로 특수효과를 넣자고 주장하는 바람에 싱크로율 맞는 특수효과를 찾고 있어. 네가 발표회를 보러 올 수 있다면 좋을 텐데. 근소한 차이로 놓치겠는걸. 가능하다면, 녹화해 놓도록 할게.

팬시어로부터

◇◇◇

2080. 10. 11.

멜에게

지금 완전히 녹초가 되어버렸어. 그래도 너한테 꼭 소식을 전하고 싶으니까, 침대로 뛰어들어서 잠을 청하기 전에 이렇게 또 편지를 써.

　오늘이 드디어 팀별 프로젝트 결과 발표일이었어. 아침부터 강당은 무대를 세팅하고 장치들을 최종 점검하느라 분주했고, 수업 때도 애들은 전부 발표 리허설에 매달려 있었어. 우리 팀도 마찬가지였지. 노력을 들인 만큼 좋은 발표를 해내고 싶었으니까.

　네가 유난이라고 생각할지 모르겠지만, 난 센터에서 내가 초대할 수 있는 사람들은 다 초대했어. 우리 그룹 애들, 사서 선생님들, 그리고 프로메트 선생님까지. 정말 고맙게도 다 와줬어. 이 프로젝트의 제대로 된 끝을 맺는다는 게 나한테 중요한 일이라는 걸, 다들 이해하고 존중해준 거야.

　우베도 수업이 끝나고 즉시 학교로 와서 발표 준비에 동참

했어. 사실대로 말하자면 좀 어색하더라. 초등학교 때 너와 우베 사이에 있었던 일을 안 후로 우리 관계가 좀 서먹해져 있었거든. 도무지 예전처럼 지내자고 할 수는 없더라고. 이건 네가 이해해줘. 하지만 내 사적인 감정 때문에 공적인 일을 망쳐놓진 않을 테니까 안심하길 바라. 정말 정신이 없어서 껄끄러운 감정으로 일을 그르칠 틈조차 없기도 했고. 내가 고른 AR 효과가 발표와 싱크로율이 맞는지까지도 몇 번씩이나 체크하다 보니, 금세 우리 팀 발표 순서가 됐어.

우리 팀은 무대 뒤쪽에 마련된 계단을 따라 일렬로 올라갔어. 눈앞에는 고전적인 붉은색 커튼이 드리워 있어서 관객석은 볼 수가 없었고. 최종장이 시작하기 직전이었지. 마침내 천천히 커튼이 걷히기 시작하자, 내가 와주길 바랐던 사람들의 얼굴을 하나씩 확인할 수 있었어. 프로메트 선생님, 사서 선생님들, 튜르, 미키, 라타, 단소. 다 객석에 앉아서 무대 위를 바라보고 있었어.

익숙한 얼굴들을 보고 나니 눈에 들어오는 건 낯선 얼굴들이었어. 헤아릴 수도 없이 많은 낯선 얼굴들. 네가 쓴 글의 의미가 뭔지 그 순간 알 것 같았어. 네가 『호수가 끼고 있는 집』에 끼워놓은 그 짧은 글 있잖아. '내가 나갈 세상이다.' 내가 나갈 세상이 어떤 곳인지, 나는 그 순간 객석을 보고 본능적으로 느꼈어.

머리는 이상한 긴장감과 기대감으로 가득 차서 제대로 된 사고도 할 수 없는 것 같았지만, 다행히 발표는 몸에 입력된 것처럼 자연스럽게 나왔어. 실수 하나 없이 발표를 잘 마쳤지. AR 효과도 정확하게 들어맞았어.

　불법 미용시술 업체 적발을 위한 시스템. 이 단어들의 나열이 우리 팀이 몇 달 동안 매달리며 만들고자 했던 거야. 오늘 그것들 위로 박수갈채가 쏟아졌어. 격려하듯이. 동감하고 동의한다는 듯이.
　박수를 받는데, 네가 여기 함께할 수 있었으면 좋았을 거라는 생각이 어쩔 수 없이 들더라. 이 박수가 너에게 닿았으면 좋겠어. 내가 한 일이 우리 다음 세대로 이어질 어린아이들의 상처를 보듬고, 무엇보다도 너의 슬프고 쓸쓸하고 고통스럽기도 한, 그 묘한 감정 덩어리에 가 닿을 수 있었으면 좋겠어.

　그럼, 성공적이었던 오늘에 대해 축하를 보내줘.

펜시어가

2080. 10. 17.

멜에게

멜, 이제 네가 나오기까지 2주 정도밖에 남지 않았네. 여론의 이목이 집중되는 건 어쩔 수 없겠지. 미르의 발전소 폭발로 세상은 너무나 많이 변했으니까. 36년간 덮은 채 외면해두었던 과거에 손을 뻗는 건, 모두가 관심을 기울일 수밖에 없는 일일 거야.

그 첫걸음에 자원했던 용감한 민간인들은 이제 거의 영웅 취급을 받아. 넌 방송도 못 본다고 알고 있는데, 이건 아직 모르려나? 아님, 관리위원회 사람들이 너에게 소식을 전해줬으려나. 아무튼 네가 돌아오면 네 삶은 한동안 아주 떠들썩할 거야.

스타가 된 기분을 만끽하는 것도 좋지만, 내가 전 편지에서 말했던 거 잊지 마. 넌 오자마자 나에게 미르 구역이 어땠는지 하나도 빠짐없이 증언해야 한다고. 물론 그 전에 함께 센터 먼저 들러야지.

조기 독립을 해도 정식 독립 전까진 방문할 때 서류 절차 밟을 필요 없는 거 알지? 그룹 애들이랑 모여서 놀고…… 오랜만에 맏이답게 학업도 점검해주고 말이야. 프로메트 선생님께도 인사드리러 가야지. 센터 도서관도 빠뜨리면 안 돼. 사서 선생님 들이 네가 돌아오길 얼마나 기다리고 계시는데. 네가 만들었던 독 서클럽이 얼마나 성장했는지 직접 확인해보면 놀랄걸. 센터에 서 우리가 알고 지냈던 모든 사람들에게 다 인사를 전해야지!

그러고 나면 너랑 나도 좀 지치겠지. 하지만 센터에 들러서 꼭 해야 하는 일이 있다는 건 너도 알 거야. 인사를 끝마치면 우 린 네가 자주 누워 있던 그 창고에 가봐야 해. 넌 창고 위로 올라 가 누워서 하늘을 보고, 난 그 아래 기대서 널 올려다볼 거야. 미 르 구역의 하늘이 여기랑 어떻게 다른지 설명해줘도 되고. 내키 지 않는다면 침묵을 지켜도 되고. 우리가 예전에, 아주 어린 시절 부터 그래왔던 것처럼 하는 거야. 돌아올 수 없다고는 해도, 과 거를 함께 추억할 수는 있을 거야. 왜냐하면 넌 장소가 달라졌 다고 해도 어떻게든 하늘을 보는 방법을 찾아낼 사람이고, 난 장소가 어디든 그 옆에 있을 자신이 있으니까.

……불가능한 이야기지. 이걸 너한테 보내는 편지에서 인정 하기까지 얼마나 오랜 시간이 걸렸는지 넌 모를 거야. 이제 정 말 끝맺을 때가 됐다.

펜시어가

◇◇◇

2080. 10. 28.

멜에게

안녕 멜. 테멜다.

지금 나는 내 방 책상에 앉아서 창문 너머 길을 보고 있어. 고개를 빼고 보면 좀 떨어진 곳에 있는 가로수가 보여. 나뭇잎 색깔이 바뀌어서 가을이라는 걸 실감할 수 있어. 벌써 가을이라니. 올해는 겨울과 봄과 여름이 예년보다 더 빨리 지나간 것 같은 느낌이 들어. 그 이유는 내가 그날그날을 생각하기보다 계절이 어떻게 지나가는지 생각하면서 지냈기 때문일 거야.

내가 그동안 왜 같은 겨울이 돌아오고, 같은 봄이 지나고, 같은 여름이 된다고 생각했는지 전혀 모르겠어. 다시 돌아오는 시절은 없는데 말이야. 그걸 불러세울 수도, 잡을 수도 없고, 재현하려고 하면 시도하는 사람만 힘이 들지. 우리가 할 수 있는 최선은 그리워하는 거야. 좋은 날들은 떠올리는 것만이 허락돼.

너에게 보낼 수 있는 편지와 보낼 수 없는 편지의 차이가 줄

어들고, 결국 그냥 모든 편지를 보낼 수 있게 된다면 그때가 바로 편지 쓰는 걸 끝낼 때라고 생각했어. 끝날 때가 마침내 왔다는 생각이 들어. 네가 원래대로라면 미르에서 나왔을 계절이 되어서야 말이야.

네가 죽었다는 걸 받아들이는 거야. 그러니까 네가 미르 안에서 살아 있을 거라고 여기면서, 그렇게 믿으려고 노력하면서 편지를 쓸 일은 이제 없을 거야. 나는 내가 영원히 착각 속에서 살 수 있기를 진심으로 바랐어. 남이 보기엔 병적으로 보여도 그걸 아주 확고하게 원했지. 하지만 애초에 그렇게 살얼음판같이 쉽게 깨지는 상태에서 평생을 보낼 수 있을 거라고 생각한 게 잘못된 거겠지.

네가 미르 구역 안에서 살아 있다고 정신 나간 편지를 쓰는 나를 네가, 어떤 형태의 사후세계에서든 지켜봤다면, 언젠가는 멈추기를 바랐을 거라고 생각해.

그리고 이건 관리위원회 직원이 찾아와서 정신을 제대로 못 차린 채로 그만두는 것도 아니고, 편지를 쓰다가 지쳐서 그만두는 것도 아니야. 아주 온전하고, 드디어 제대로 된 끝을 맺을 수 있는 준비가 된 거야. 말하자면 행복하게, 그만둘 때인 거지.

그럼, 마지막 편지에서 봐, 멜.

펜시어가

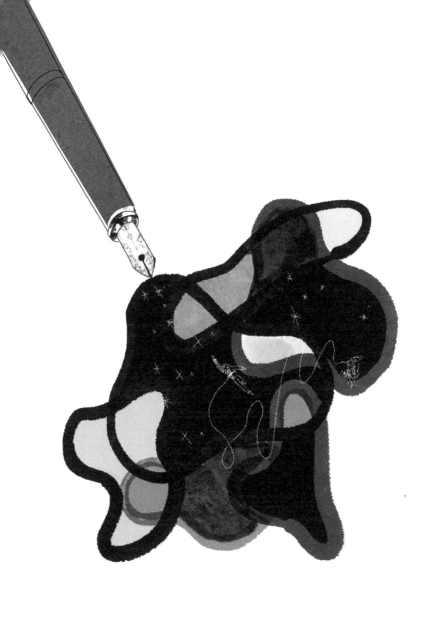

◇◇

2080. 1. 3.

멜에게

안녕 멜. 테멜다. 미안해. 결국 너한테 신년 인사를 전하게 돼서.

네가 사라졌다는 사실을 노력해서 떠올리지 않으면, 난 네가 살아 있다고 생각하게 돼. 네가 편지에서 말해줬던 일과를 계속 반복하면서. 오염된 곳을 정화하고, 실험을 하고, 관찰일지를 쓰고 있다고 생각하게 돼. 내부 프로젝트가 길어져서 답장을 못 보내고 있는 거라고. 너도 거기서 2080년을 맞았고, 이제 열여덟이 되었고, 그리고 1년 뒤에 돌아올 수 있을 거라고. 그런 착각이 도를 넘어서 너한테 편지를 쓴 것 같아. 그리고 이미 그 미르 구역으로 편지를 보내버렸어.

너를 죽게 내버려뒀단 사실을 참을 수가 없어.
미르에 입주한 주민 중 10여 명이 11월 30일에 바이오실험실 붕괴로 사망했대. 말도 안 되지. 작년부터 전문가가 먼저 입주해서 연구도 하고 안전도 공인받았다며. 테멜다. 테멜다. 이건 사망자 명단이 아니지? 테멜다. 네 이름이 올라가 있다니 누군가 실수했나 봐. 멜, 테멜다.

미안해 멜. 그냥 사망자 명단에서 네 이름을 확인한 순간이 전혀 잊히지 않아. 그 기사를 처음 본 지 한 달도 더 지났지만 매일 감각이 더 생생해지는 것 같아. 네가 나에게 편지를 써달라고 했던 말이 자꾸 생각나. 네가 사라질 때까지 결국 내가 같잖은 어색함 때문에 편지를 거의 보내지 않았다는 사실도.

다들 아주 끔찍하게 우울해했어. 하지만 이제는 다시 일상을 되찾으려고 하고 있어. 한 달이 지났으니 말이야. 아직도 힘들긴 하지만 다들 학교에 가고, 독립 준비를 해. 네가 만들었던 독서클럽도 계속 이어나가고 있어. 센터는 변함없이 굴러가. 새로 배정받은 어린 고아들의 낯선 얼굴이 보여. 프로메트 선생님과 사서 선생님들은 늘 그렇듯 센터를 잘 관리하고 계셔. 난 대학에 가기로 결정했고, 독립 후에 살 곳도 알아보고 있어. 겉으로 보기엔 다시 정신 차리고 일상을 굴리는 것 같지.

그렇지만 매일 밤 센터가 조용해지고 방의 불이 꺼지면 나는 다시 무너지는 것 같아. 주위가 고요하면 네 생각 외엔 아무것도 할 수 없으니까. 네가 살아 있는 것처럼 정신 나간 편지를 쓰는 건 정말 이상한 기분이야. 정말로 정신이 오락가락하는 것 같아. 방금도 멍하니 편지를 쓰고, 드론으로 미르 구역에 발송까지 하고 나서야 네가 거기 없단 사실을 기억했어.

하지만 무너지는 기분이 들 때마다 위안 삼을 만한 게 이젠 이것 말고는 아무것도 없어. 편지를 쓰는 동안은 네가 진짜 살아 있다고 착각하게 되거든. 그냥 네가 살아 있다고 해줘. 나는 평생 착각하고 살고 싶어.

펜시어가

2080. 1. 8.

멜에게

멜, 테멜다. 너라면 내가 지난 삼 일간 쓴 편지가 얼마나 거짓말 투성이인지 다 알겠지. 네가 읽었다면 다 들통났을 거야. 내가 클레아드 형을 만난 후로 갑자기 대단한 모험심이 일어서 조기 독립을 결심한 것마냥 헛소리를 떠들어댔잖아. 난 클레아드 형과 같은 삶에 어떤 강한 끌림을 느껴서 조기 독립을 고려하고 있는 게 아니야. 그건 다 허울 좋은 포장이지.

클레아드 형의 방문이 날 조금 환기시켜 준 건 맞지만, 동시에 네 죽음을 다시 선명하게 떠올리게 한 것도 사실이야. 형은 왜 하필 아타락시아에서 와야 했던 거야? 왜 굳이 네가 늘 가보길 원했던 곳의 소식을 나에게 들려줘야만 했던 걸까? 너는 이제 전달받을 수 없는데, 왜 형은 하필이면 네 소망을 알고 있던 나한테 이야기를 전해야만 했을까.

테멜다. 넌 조기 독립한 상태지만, 아직 네가 쓰던 아이디 카드는 남아 있어. 데이터베이스에도 네 기록이 남아 있고. 내가 프로메트 여사님께 센터장 권한으로 그 데이터들을 삭제하지 말아 달라고 부탁드렸거든. 내 슬픔 속에서 허우적거려서 공적인 일을 처리하시는 여사님을 귀찮게 하다니, 한심하다. 그렇지 않으면 센터 안에서 버틸 수가 없을 것 같았어.

네 뭔가를 여기, 내가 사는 곳에 남겨 둬야만 했어. 저번 편지에서 말했던 것처럼, 네가 살아 있다고 끊임없이 날 세뇌시키는 거야. 정말 반쯤 정신이 나가서 그 거짓말이 무의식 속에서 맴돌 만큼.

그런데 이제 와 생각해보니 네가 여기 머무르지 않는 사람이란 사실은 안 변하더라. 센터에서 널 알았던 다른 고아들의 얼굴을 볼수록 그 사실이 머릿속에 각인되겠지. 넌 여기 없어. 그렇다면 내 생각엔, 내가 여기 있을 이유도 더는 없어. 난 그래서 조기 독립을 결심한 거야, 테멜다. 여기엔 네 빈자리가 너무 크고 가까워.

펜시어가

멜에게

멜, 내가 오늘 미키를 울게 만들었어. 그룹 애들도 이제 내가 조기 독립을 준비하고 있단 사실을 다 알아. 서류를 들고 계속 선생님들 방을 드나드니까 모를 수가 없겠지. 밖에서 살 집을 구해야 한다는 문제가 있긴 하지만, 조기 독립하는 절차 자체는 사인 몇 개만 더 받으면 문제없이 마무리돼. 거의 모든 칸을 다 채운 서류를 애들이 어쩌다 본 모양이야. 내가 노트 화면을 끄고 나오지 않아서 그래. 그걸 읽은 애들은 날 방에 가두면 여기 붙잡아둘 수 있는 것처럼 저녁 식사 시간 내내 내 방문 앞을 지키고 서 있었어. 나마저도 보낼 수 없다고 하면서 말이야.

그 애들의 심정이 얼마나 참담할지 헤아려보려고 나도 정말 노력했어, 테멜다. 네가 그렇게 가버린 지 얼마 안 되어서 그룹에 남은 유일한 맏이인 사람까지 짐 싸서 나가겠다고 하면, 애들도 걱정되고 불안하고 무섭겠지. 내가 좀 더 강하고 건강한 상태라서 개들을 돌봐줄 수 있는 상황이었다면 좋았겠지만, 난 지금 그럴 여력이 안 돼.

　방문에 등을 대고 내가 나가는 걸 막고 있는 애들한테 미안하다고, 그렇지만 난 이미 독립하기로 마음을 먹었다고 말했어. 독립해도 자주 보러 오겠다고, 난 영영 어딜 가는 게 아니라고 했어, 테멜다. 그런데 말을 마치고 나서 방문 너머로 억누른 울음소리가 들렸어. 함께 산 세월이 평생의 절반을 넘어가는데, 미키라는 건 바로 알 수 있었어.

　미키한테는 특히나 빚이 있어서 마음이 더 무거워졌어. 미키는 내가 미르로 보내는 편지를 쓸 때 사용했던 드론 기록을 센터 데이터베이스에서 몰래 삭제해주고 있었거든. 조기 독립을 신청한 상황에서 내가 너한테 이상한 편지를 쓰고 있다는 걸 프로메트 선생님이 아셔봐야 좋을 게 없잖아. 물론 미키도 내가 미르에 무슨 택배를 보내고 있는지는 몰라. 나한테 직접 묻지도 않았고. 조의를 표하기 위한 꽃 정도라고 생각하고 있지 않을까.

　억눌린 울음소리는 금방 엉엉 우는소리로 바뀌었어. 호흡도 진정되지 않았는데 미키가 울음소리 사이로 꾸역꾸역 그렇게 말하더라. 네가 미르 구역으로 떠났을 때도, 영영 떠나버릴 거라고 생각한 사람은 없었다고. 미키는 내가 갑자기 미르 구역에 하루에 한 번꼴로 택배를 보낸다는 걸 알고, 섣불리 질문도 하지 못한 채 들키지 않게 드론 방문 기록을 지울 때마다 걱정돼서 머리가 터질 것 같았대. 내가 네 죽음에 너무 힘들어하는 것 같아서, 혼자 이대로 그룹을 나가는 걸 두고 볼 수가 없을 것 같대. 미키는 정말 한참을 울었어. 내가 울게 만들었어. 맏이인데 끝까지 남아서 발판이 돼주지는 못할망정, 자기감정조차 제대로 추스르질 못해서 동생들한테까지 짐을 얹어줬어. 정말 형편없는 맏이야.

그렇지만 그 말을 듣고 결심을 굳힐 수밖에 없었어. 테멜다, 난 네가 죽었다는 걸 받아들일 수 없어. 이전 편지에서 말했듯, 네가 살아 있다고 나 자신을 속일 때만 일상을 이어나갈 수 있어. 여기 있다면 망각의 순간을 유지하는 게 불가능해질 것 같아. 그럼 정말로 못 버틸 거야. 진심으로.

하지만 죄책감은 떨칠 수가 없어. 독립 준비로 스스로를 몰아붙이는 수밖에 없을 것 같아, 멜.

펜시어가

멜에게

멜, 어젠 조기 독립해 나가면 살 집을 보러 갔어. 아마 높은 확률로 어제 봤던 그 집에 들어가 살 것 같아.

어제는 정말 오랜만에 즐거움을 느꼈어. 내가 보러 갔던 그 집이, 우리가 어렸을 때 프로메트 선생님과 자주 갔던 산책로 근처에 있었거든. 그런 낡은 길목은 사람들의 눈을 조금씩 비껴가서, 오랫동안 뭔가를 고치려 드는 사람이 나타나지 않는 것 같더라. 어렸을 때 기억 그대로였어. 집이 위치한 골목으로 발을 내딛는데 과거로 돌아간 느낌이었어. 어린 네가 뒤에서 느긋하게 따라 걸어오고 있을 것 같았어. 마주치는 꽃마다 이름을 지어주고 탄생 설화를 갖다 붙이는, 어렸을 때 우리가 자주 하던 놀이를 하면서.

집으로 올라가서 창문을 사이에 두고 다시 그 길을 내려다봤어. 잠시, 가을이 지나고 미르에서 나온 네가 골목길을 걸어서 내 집을 찾아오는 걸 상상했어. 널 초대할 수 있으면 좋았을 텐데. 널 집으로 부를 수 있으면 좋았을 텐데. 내 같잖은 어색함 때문에 너에게 편지를 많이 쓰지 않았던 것처럼, 네가 열일곱에 먼저 독립해 나간 후 네 방에 자주 찾아가지 않았던 것을 후회해.

네가 세간살이를 다 미르로 가져가는 바람에, 네 방은 텅 비어서 아무것도 남지 않았다고 들었어. 누가 살았던 방이라고는 생각할 수 없을 정도로 깨끗하게 비워놓고 갔다고, 프로메트 선생님이 그러시더라. 네가 소유하고 있던 물질적인 건 다 쓸려가서 없어졌는데, 네가 혼자 지내던 공간엔 내가 추억할 만한 비물질적인 것도 거의 남지 않았어. 그걸 깨달았을 때 내가 과거에 네 집을 찾아가는 걸 망설이고 미뤘던 모든 시간을 저주했어. 난 바보같이 뭘 그렇게 망설였던 걸까. 그 공간이 네가 센터 밖으로 날개를 펼치기 시작했다는 마지막 흔적이 될 줄 미리 알았다면…… 절대 이렇게 되도록 내버려 두지 않았을 거야. 하지만 후회해 봤자 뭐해. 네가 남긴 공간에선 아무것도 찾아낼 수가 없고 너도 내 새로운 집에 영영 오지 못할 건데.

펜시어가

2080. 1. 24.

멜에게

멜, 프로메트 선생님은 내가 독립 신청을 하는 게 너무 충동적인 결정 같다며, 계속 날 설득하려고 해서.

나마저 조기 독립해서 그룹을 나오는 게, 우리 그룹의 동생들에게 못할 짓인가 싶어. 이제 나는 유일한 맏이가 되었으니까, 어쩌면 애들 옆에서 걔들이 슬픔을 다잡을수록 도와줘야 하는 건지도 몰라. 내가 나가면 튜르가 맏이 자리를 이어받게 될 텐데, 이제 막 고등학교에 들어가는 튜르에게 너무 무거운 짐을 주고 가는 것 같아서 죄책감도 들어. 내가 나의 그룹, 그리고 너의 죽음에서 도망치고 있다는 사실에 기분이 곤두박질쳐.

하지만 다들 네가 어떤 애였는지 알잖아. 다신 없을 특별한 사람이라는 거. 재능이 넘쳐서 시선을 잡아끄는 천재라는 거. 사려 깊은 사람이라는 거. 예술적인 영혼이라는 거. 그리고 내가 네 옆에서 너와 함께 자라오며 그 모든 것들을 가장 가까이서 느꼈다는 사실도 다들 알잖아. 네 부재가 나한테 얼마나 큰지 제대로 헤아릴 사람이 있을 거라고는 기대 안 해. 그저 남들이 헤아릴 수 없을 정도라는 것만 알면 좋겠어. 그럼 네가 없는 집에서 내가 나오는 걸 말릴 수 있는 사람이 없을 거야.

멜, 나는 결정을 되돌리지는 않을 거야. 프로메트 선생님도 최선을 다해서 설득해봐야겠지. 마침 내일 면담을 하자고 말씀하셨어. 그때 선생님 허락을 받아낼 거야.

펜시어가

2080. 1. 27.

멜에게

프로메트 선생님의 허락을 받아낸 지 벌써 이틀이나 지났어. 아주 조금은 마음이 홀가분해지지 않을까 했는데, 선생님 책상에 놓인 네 아이디 카드를 봤으니 그럴 수가 없었어. 프로메트 선생님께서 센터 선생님으로 지내신 시간을 따져 봐. 못 해도 이십 년이지. 선생님은 그동안 많은 아이들이 독립해서 센터를 떠나가는 걸 보셨을 거야. 난 그래서 선생님께서 이별에 누구보다도 의연하실 거라고 생각했어. 너를 갑작스럽게 잃게 되었을 때도 빠르게 마음을 다잡았던 건 선생님인 것처럼 보였고. 선생님께 네 정보를 센터 데이터베이스에서 삭제하지 말아 달라고 부탁드리러 갔을 때만 해도 난 그렇게 굳게 믿고 있었어.

그런데 선생님 책상 한 귀퉁이에 유리 케이스에 담긴 네 아이디 카드가 놓여 있었어. 네가 조기 독립하게 되면서 센터에 남아 있던 스페어 아이디 카드. 고집스럽게 쓰시길 고집했던 연필과 연필꽂이도 그대로고, 늘 깨끗하게 닦여 있는 선생님 명패도 그대로였어. 아이디 카드만 그 익숙했던 것들 사이에 새롭

게 놓였지. 선생님이 독립한 누군가의 아이디 카드를 따로 빼서 보관하신 적 없다는 건 너도 잘 알지. 누가 센터를 떠나든 늘 의연하게 보내주셨다고. 너만. 너만 그렇게라도 붙잡고 계셨던 거야.

미르 구역에서는 위험성 검사를 한다고 네가 가지고 들어간 물건들을 돌려주질 않잖아. 그러니까 그게 네 얼마 안 되는 제대로 된 유품이라는 거지. 난 그걸 너무 가지고 싶었지만, 선생님께 염치없게 그걸 달라고 할 만큼 정신이 나가지는 않았어.

너를 보내는 건 모두한테 너무나 힘든 일이야, 멜.

펜시어가

2080. 1. 30.

멜에게

멜, 내가 아주 오랫동안 묻어두려고 했던 사실이 있어. 너한텐 언젠가 이야기하겠다고 다짐하고 있었는데, 이제 와서 그걸 입 밖에 내는 것도 우스운 것 같아. 이게 네 지혜를 빌릴 수 있는 일 이었다면 좋았을 거야. 하지만 내가 이 편지에 아무리 써봤자 너는 이제 아무것도 읽지 못하지.

멜, 홀로행아웃은 한쪽이 걸어도 다른 쪽이 받지 않으면 연 결되지 않아. 말을 전할 수 없게 끊기지. 네가 전에 보낸 편지에 서 말했던 것처럼, 편지는 받는 사람이 없어도 계속 날릴 수 있 어. 하지만 받는 사람이 읽어야만 의미가 있는 거 아니야? 너는 어떤 편지들이 영원히 미완성일 수밖에 없다는 점도 낭만적이 라고 생각한 거야? 네 생각은 어때? 대답해봐 멜. 나한테 답장 을 보내봐.

……내가 무슨 얘길 하고 싶었던 건지 모르겠다. 그냥, 내가

너한테 언젠가 알려주고 싶은 사실이 있었는데, 이젠 답을 들을 수 없다는 사실이 갑자기 떠올랐던 것 같아.

그럼, 네가 돌아올 날을 기다리며. 편지는 여기서 마칠게.

펜시어가

2080. 2. 9.

테멜다에게

지난 며칠은 참 좋았어. 이사 때문에 정신이 없어서 네 부재를 기억해내기가 아주 어려웠거든. 관성적으로 네가 살아 있다고 믿기 훨씬 쉬웠다는 거야. 하지만 이제는 방에서 짐 정리도 거의 끝났고, 사위가 조용해지면 이성은 다시 돌아와. 센터에서는 그럴 때면 꼼짝없이 누워 있을 수밖에 없었는데. 이젠 방에 나 혼자니까 뭐라도 하려고 사부작거리고 있어.

오늘 밤엔 그래서 괜히 서랍을 뒤적여봤어. 거기서 네가 남겨두고 간 편지를 발견했지. 그래, 10월 31일에 쓴 그 편지. 네가 편지쓰기의 낭만에 대해서 이야기한 부분을 한참 동안 반복해서 읽어봤어. 이젠 외울 지경이야.

'편지쓰기에는 홀로행아웃과 다른 점이 있다고, 펜시어. 반드시 쌍방으로 통신이 될 필요가 없다는 거지. 이런 게 편지의 정말 훌륭한 점들 중 하나 아닐까? 다른 것들에는 없는 낭만이 있다는 거 말이야. 홀로행아웃은 통화를 요청하면 반드시 한쪽이 수락해야만 이어지잖아. 하지만 편지란, 받는 쪽이 수락하지 않아도 새처럼 날릴 수가 있는 각자의 속마음 그 자체야. 그걸 문자로 표현한 것뿐이지.'

　편지쓰기의 낭만이라는 걸 이제 좀 알 것 같아. 조금 더 일찍 알았으면 좋았을걸. 나는 네가 묘목을 관찰하는 일지에 너무 몰두한 나머지 나에게 답장을 쓰지 않는다는 상상을 가끔 해. 그러면서 내가 너랑 꽤 낭만적인 일을 공유하고 있다는 착각을 하지. 하지만 그런 상상은 아주 금방 깨지고 말아. 너한테 편지를 쓰는 건 낭만이라고 하기엔 너무 처절하게 느껴. 하지만 이거라도 없으면 난 이제 생활을 이어나갈 수가 없다. 그럼, 빨리 돌아와 테멜다. 속히 귀환해. 우리가 있는 여기로 와. 난 네가 미르 구역에서 나와서 정식으로 독립한 후, 내 방에서 함께 시간을 보내고, 아타락시아에 놀러가고, 대학을 고민하고…… 그럴 날을 고대하고 있어. 아직도 말이야.

　　　　　　　　　　　　　　　　　　　　　　펜시어가

2080. 2. 13.

테멜다에게

멜, 네가 프로메트 선생님 사무실에 두고 간 책을 되찾아왔어. 네가 쓰던 물건들과 옷들은 미르 구역 관리위원회가 깨끗하게 정리해서 보관중이라곤 하지만, 그 웃기지도 않은 '유해 물질 검출 우려'라는 이유 때문에 우리 센터로 몇 달째 오지 않고 있지. 그래서 얼마 안 남은 네 흔적을 조금이라도 더 모은 게 얼마나 다행인지 몰라. 그 아이디 카드가 유일한 흔적일까 봐 사실 너무 무서웠어. 우리 그룹 다른 애들에게는 이 책의 존재에 대해서 이야기하지 않았어. 내 욕심이지만, 이 정도는 허락해줘.

　……네가 이걸 처음 맡기고 미르에 입주했을 때, 아무도 이게 유품이 될 거라고는 생각 못 했을 거야.

　선생님께선 내가 미르 구역에 네가 살아 있는 척하면서 편지를 보낸다는 걸 아직도 모르셔. 미키가 내 드론 호출 기록을 교묘하게 삭제해줬던 걸 아직 발견 못 하신 거야. 내 상태가 많이 나아졌다고 믿으시니까, 나에게 책을 주기로 판단하신 거겠지.

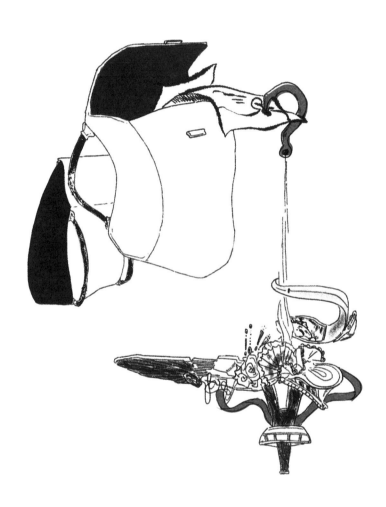

이렇게 된 이상 철저히 숨기려고 해. 이 살얼음판 같은 상태는
나만 간직하는 게 최선이야.

펜시어가

2080. 2. 18.

멜에게

　나 또한 내 짧은 생에서 나아가는 것을 두려워하지 않으리!

　네가 남겨놓고 간 소설『죽은 자들이 우주에 갈 수 있을까』에 메모한 문장이야. 맞아, 너는 그런 사람이야. 정말로 끝까지 두려워하지 않았지. 그래서 네 뒷모습을 보는 사람들은 마음을 빼앗길 수밖에 없는 거야. 너는 앞장서서 미지로 나아가는 선구자니까. 어쩌면 미지 그 자체와 분간되지 않을 정도로 빠르게 나아가는 사람이니까 말이야.

　멜, 나는 너만큼 새로운 발견과 변화를 사랑하는 사람은 아니야. 너와 맞먹을만한 사람은 이 세상에 거의 없겠지. 그래서 솔직히 털어놓자면, 내 인생에서 뭉뚱그려 잡아놓은 계획 중 하나는 널 지표로 삼는 거였어. 그 지표는 사라져버린 것 같은데 이제 어떻게 해야 할까.

펜시어로부터

2080. 2. 21.

멜에게

새 학기가 점점 다가오고 있어, 멜. 지난해들을 돌이켜 보면 우린 늘 이맘때 그룹 애들과 함께 한 학기를 어떻게 보낼지 진지한 계획을 마무리하고 있었지. 올해는 알다시피, 다들 마음을 추스르느라 두 팔을 걷어붙이고 일을 시작하는 시기가 조금 늦어졌지. 독립은 했지만 그게 우리의 관행을 완전히 외면하겠다는 선언은 아니었어. 내가 감당할 수 있는 선에서 애들을 최대한 챙겨줄 거야. 그래서 오늘 홀로행아웃으로 새 학기 계획 최종 점검의 시간을 가졌지. 네가 없다는 사실이 마음에 걸리긴 했지만, 한순간은 정말 모든 것이 평화롭고 좋았던 센터 시절로 돌아간 것 같았어. 평소처럼 와자지껄했지. 그 애들이 내 눈치를 보느라 일부러 더 밝은 척한 게 아니었으면 좋겠는데…… 모르겠어.

미르 구역으로 보낸 편지 중에서, 애들이 결국 날 좋게 보내줬다는 이야길 내가 한 것 같은데. 우리 그룹 동생들이야말로 정말 강인한 애들인 것 같지 않아? 그렇게 속상해하다가도 날 위한 송별 파티까지 준비해줬으니까. 그리고 이젠 앞으로 어떻게 할지를 열심히 고민하고 있어.

단소는 아직 진로를 고민하고 있지만 일단 수학에 흥미를 붙이고 열심히 공부하고 있어. 라타는 드론을 공부하고 싶어하고, 미키는 프로그래밍 심화 코스를 들을 예정이래. 튜르는 인문학도의 길을 걷기로 완전히 마음을 굳힌 것 같아. 언제 지치고 힘들었냐는 듯이 앞으로 나아가고 있어. 아마 걔들이 평생 보고 배운 건 너니까, 널 닮은 거겠지. 걔들은 요새 쉼 없이 자기들의 앞길에 대한 질문을 던지고 있어. 이럴 때 네 지혜를 구할 수 있었다면 정말 좋았을 텐데. 나 혼자서라도 최대한 적절한 조언을 해주기 위해 노력해야지. 날 좀 응원해줘. 혼자 하려니까 이 일은 너무 어렵다.

펜시어가

2080. 2. 25.

테멜다에게

전주는 동생들 봐주느라 시간을 많이 할애했지만, 요 며칠은 내
학교 준비를 하느라 바빴어. 그동안 내가 올해 배정받은 베이스
도 확인했고, 학교 애들과 홀로행아웃도 몇 번 했고…… 혼자 조
용히 지낼 수 있는 시간이 끝나버려서 불안하긴 해. 학교에 간
다는 건 또 새로운 흐름을 온몸으로 맞이해야 한다는 뜻이겠지.
너 없이. 그래도 시간이 좀 지났으니까, 단번에 무너지지 않을
정도는 되지 않았을까.

펜시어가

2080. 3. 5.

멜에게

학교에 간다는 게 무슨 의미일지 막연하게는 생각해봤어, 멜. 문제는 그렇게 생각하는 게 충분하지 않다는 거였어. 학교에 네가 없다는 사실을 피부로 느끼는 건 생각보다 더 힘들었어.

　조금 건방지게도, 나는 세 달 동안 많이 좋아지지 않았나 생각했어. 너를 잊진 않았어. 잊는 건 불가능할 거야. 어쩌면 네가 미르에서 나올 거라고 믿고 평생을 기다리며 살 수도 있지. 하지만 나는 이러한 상태에서, 적어도 조금은 견딜 줄 알게 되었다고 생각했어. 정말 잘못 생각한 거였지. 너랑 2년을 보낸 애들의 얼굴을 다시 보는 순간 세심하게 신경 써서 건드리지 않고 있던 것들이 다 무너지는 느낌이었어. 난 걔네 얼굴을 마주하고 있을 자신이 없어서 도서관으로 도망친 거야.

　애들은 내가 혼자 학교에 등교한 걸 아주 미묘한 눈으로 보고 있었어. 걔네도 네가 우리 모두한테 어떤 의미였는지 잘 아니까, 일부러 아무렇지 않게 인사하거나, 어깨를 두드리고 가거나, 아님 그냥 슬픈 표정으로 입을 다물었어. 각자가 아마도 내가 제일 힘들 거라고 생각하고 최선을 다한 거였다고 생각해. 칼을 가는 듯한 세심함이었지. 그런데 멜, 나는 걔들이 그렇게 사활을 걸듯이 세심하게 구는 게 더 싫었어. 칼 위를 걷는 느낌이었어. 그런 위로는 지금 나에게 도움이 되지 않아. 아직 나는 네가 죽었다는 사실을 더 일깨워줄 뿐인 행동들은 견딜 수가 없어. 네가 죽었다는 걸 받아들이는 게 힘들지 않아 보이는 모든 애들이 내 상태를 더 심하게 할 뿐이야.

넌 미르 구역에 있잖아. 매일 정해진 시간에 일어나서 식물을 관찰하고. 오후에는 의무적으로 정화작업에 참여하고. 입주민 숙소 옆방에 있는 사람들하고 친해져서 놀기도 하겠지. 사방이 거대한 벽으로 둘러싸인 미르 구역이지만 너는 고개를 들면 하늘이 보인다는 사실을 알고 있을 거야. 옥상으로 가든, 창문 옆에 기대든, 너는 꼭 하늘을 올려다볼 수 있는 공간을 마련했을 거야. 그리고 매일 별이 뜨는 하늘을 보면서 뜬구름 잡는 소리를 중얼거리겠지.

숙소에서 네가 하는 말들을 들어줄 사람은 없겠지만, 너는 그래도 생각하고 말하는 걸 멈추지 않을 거야. 네가 〈죽은 자들이 우주에 갈 수 있을까〉에 메모한 것처럼, 넌 멈추는 법이 없을 거고, 한 발 더 내디딜 수 있는 공간이 있다면, 나아가기를 선택할 거야.

넌 홀로행아웃이 되지 않는 오지에 있지만, 그럭저럭 괜찮은 일상을 보내고 있어. 바쁜 와중에도 바깥에 있는 사람들을 위해 긴 편지를 써. 그 사람들이 답장으로 보낸 편지도 읽어. 가끔은 바깥이 그리울지도 모르고, 그래서 1년이 지나 미르 구역을 나갈 날을 조금은 기다리겠지. 그래서 다른 친구들의 안부를 물으며 나에게 평소보다 더 긴 편지를 쓰는 날도 있을 거야.

네가 죽지 않았다면 말이야. 네가 죽지 않았다면……

나한테 답장이 왔겠지.

펜시어가

2080. 3. 11.

멜에게

너한테 보낸 편지에서는 최대한 여상스럽게 내 프로젝트 주제에 대해서 설명했지만, 사실 그걸 주제로 결정한 건 내 심장을 꺼내서 낱낱이 전시하는 것과 같은 일이었어. 같은 팀이 된 애들이 깊이 의미를 읽어내지 못할 거라는 게 그나마 다행이지. 그 애들은 한껏 해봐야 너와 내가 센터 출신이라는 점만 파악할 수 있을걸. 실상 우린 센터 출신이라는 것 이상으로 이 문제에 얽혀 있잖아. 너도나도 불법 미용시술 업체에서 빠져나왔으니까. 게다가 넌 나랑 다르게, 거울에 비친 눈동자를 볼 때마다 네가 그곳에 있었다는 증거를 확인하고 말이야.

　네가 떠난 이후로 네가 남겨놓고 간 편지를 닳도록 읽고 또 읽었어. 네가 네 눈을 볼 때마다 복잡한 감정 덩어리와 그 속에 있는 미약한 슬픔을 느낀다는 구절도 몇 번이고 읽었어, 멜. 내 팀 프로젝트 주제는 그걸 읽다가 구상하게 된 거야. 이제는 어찌할 수 없는 과거의 것이 되어버렸지만, 늦게라도 네 슬픔에

닿고 싶었어. 네 대신이라고 하긴 좀 그렇지만······ 네가 하고자
했을 만한 걸 이어나가고 싶었어.

그러니까 내가 몇 개월 동안 붙잡고 있을 이 주제는 순전히
내 미련으로부터 태어난 거야. 넌 이제 옆에 없는데, 아직도 내
결정에 지표 역할을 하네.

펜시어가

∞∞∞∞∞∞∞∞∞∞∞∞∞∞∞∞∞∞∞∞∞∞∞∞∞∞∞∞∞∞∞∞∞∞

2080. 3. 17.

멜에게

다시 너에게 쓰는 편지에 즐거울 만한 내용을 쓸 수 있게 됐어. 애들이랑 프로젝트를 진행하거나 초등학교를 같이 다녔던 우베를 다시 만난 얘기 같은 거. 내 생각보다 오래 걸리지는 않았네. 학교에 가서 네가 죽었다는 걸 받아들인 애들을 보고 내가 다시 완전히, 돌이킬 수 없이 무너졌다고 생각했거든. 앞으로 평생 너를 알았던 사람들을 만나면 저런 행동을 봐야 한단 걸 내가 받아들이지 못할 거라고 생각했어. 그런데 몇 주 학교에 가고 너를 알았던 사람들을 만나니까, 이것도 나름대로 견디는 법을 배우게 된 것 같아. 갈 길은 멀지만.

내가 너를 떨쳐내고 일상으로 돌아가고 싶어 한다고 생각하지 않았으면 좋겠어. 내 슬픔을 전시하고 싶은 생각은 없지만, 내 상태는 아직도 많이 끔찍하거든. 내가 처음 너한테 보내지 못할 편지를 썼을 때랑 다를 바 없이, 나는 아직도 착각 속에서 살고 싶어. 너를 극복하고 싶지 않아. 너는 늘 내 슬픔일 거고,

난 그걸 가지고 살고 싶어. 운이 좋으면 이게 슬픔이 아니라고 완전히 믿을 수 있게 될 거고, 네가 미르 구역에서 나오기를 계속 기다릴 수 있을 거야. 그게 옳은 삶의 방식인지는 모르겠지만 적어도 내가 원하는 방식이야.

너에게 편지를 보내다 보니까 긴 글을 쓰는 게 더 수월해졌어. 내 할 말을 조금 덜 딱딱하게 쓸 줄 알게 되었다는 뜻이야. 확실히 처음 보낸 편지보다는 좀 더 '편지다워'졌겠지.

내가 아주 짧은 편지에서 이만큼 긴 편지를 쓰기까지 걸린 내 시간과 내가 쓴 손가락 근육은 이제 다 네 거야. 누구도 못 뺏어가는 고유한 것이야. 이제 네가 그걸 받진 못하겠지만, 보낼 수는 있다는 게 다행이야.

펜시어가

2080. 3. 20.

멜에게

안녕, 멜. 오늘만 미르 구역 관련 헤드라인을 보고 노트 전원을 꺼버린 게 세 번째야. 사고가 난 지도 몇 개월인데 미르 구역에 대한 언론의 관심은 아주 뜨거워서 조금만 쳐다봐도 델 것 같아.

물론 세 달 전보다는 낫지. 그땐 네 죽음과 관련된 정보와 마주치지 않으려면 전자기기 자체를 끊어야 할 정도였어. 희생자들의 얼굴이나 정보보다 사고 자체에 집중하는 뉴스가 많았지만, 그마저도 보기 싫었어. 언론이 희생자들의 신원을 파헤치려 하는 시도가 관리위원회 압박 때문에 실패했다는 소문이 있어, 테멜다.

뭐가 어떻게 되었어야 옳은지 모르겠지만 내 개인적인 욕심으로는 다행이라는 생각이 들어. 네가 어떤 비극의 희생자로서 세상에 알려지는 게 싫었어. 널 옆에서 봤고, 네가 나아가고자 한 방향을 알고 있으니까 알 수 있어. 넌 의심의 여지 없이 날개를 펼칠 사람이었어. 네 삶이 더 길게 이어질 수 있었다면 넌 분명히, 세상에 어떤 족적을 남겼을 거라고 확신할 수 있어.

그런데 사람들이 네 이름을 미르 구역 사고의 희생자로서 기억하게 된다면 너무 비참할 것 같았어. 네 삶이 너무 일찍 막을 내렸다고 못 박는 것 같잖아. 넌 정말 빛나는 사람이었거든, 멜. 비유하자면 지구에서 멀리 떨어져 있는 별 같지.

천체와 천체 사이의 거리는 너무 멀어서, 우린 밤하늘에서 이미 오래전에 폭발한 별의 빛을 관찰할 수도 있어. 죽은 별빛이라도 인간의 짧은 생이 끝나기까지 빛나기엔 충분해. 굳이 관찰할 수 있는 빛을 어둠으로 덮어버릴 이유는 없지.

펜시어가

2080. 3. 24.

멜에게

멜, 오늘은 정말 의외의 사람에게 뜬금없는 위로 메시지를 받았어. 우베였어. 메시지 내용은 대략 이런 거였어. '펜시어

너와 다시 만나게 돼서 반가웠고, 테멜다가 그렇게 갔다는 사실에 정말 놀랐다. 언젠가는 다시 테멜다를 만나서 이야기 나눌 수 있길 바라고 있었는데 마음이 착잡하다. 테멜다에게 사과를 전하고 싶은 일이 있었는데 미안하다. 너도 많이 힘들었으리라 생각한다. 이렇게 팀으로 함께하게 되었으니 프로젝트를 잘 이끌어나가 보자.'

이것보다 훨씬 길었지, 사실. 저게 최대한 요약한 거야.

정말 뜬금없어서 아직도 좀 얼떨떨하네. 좀 친해지긴 했지만, 사적인 메시지를 주고받을 정도로 편해졌다고 생각하진 않아서 더 그랬던 것 같아. 걘 아직도 묘하게 나를 네 직통 메신저처럼 대하는 태도를 못 고쳤거든. 네 부재를 못 받아들이는 것도 아니면서 말이야. 그런 태도는 묘하게 이상해. 우리가 전학

가면서 걜 마지막으로 본 게 오 년은 훌쩍 넘었을 텐데, 아직 그 때 버릇을 간직하고 있다는 게.

　너한테 사과할 그 일이라는 게 몇 년을 곱씹을 정도로 심각한 일이었던 거야? 난 지금까지 너희 관계가, 우베가 너한테 시비를 걸면, 너는 그걸 무시하는 일방적인 관계라고 생각했어. 그런데 그사이에 무슨 일이 있었나 봐. 난 그 일에 대해 단서 하나도 없어. 우베도 당장은 말해줄 생각이 없어 보여. 지금은 굳이 추궁해서 답을 얻어내고 싶지는 않아. 네가 언젠가 이야기해줄 거라는 희망을 내 손으로 꺼뜨리고 싶지 않아서 그래.

펜시어가

2080. 3. 30.

테멜다에게

오랜만에 센터에 있는 너의 방에 들어갔어, 멜. 아까 거기서 미르 구역에 보낼 편지까지 썼지. 우리 그룹은 아마도 튜르가 독립하기 전끼진 새로운 막내를 들일 일이 없을 테니까, 네 방은 그대로 비어 있었어. 미키랑 라타랑 단소가 들어와서 와자지껄하게 떠드는 바람에 아까는 체감을 못했는데. 새삼 흰색 벽지 말고는 아무것도 없었구나, 하는 생각이 들어. 하지만 적어도 새로운 사람이 네 자리를 차지하지는 않았어.

네 방에 들어간 순간 뭐가 어디에 있었는지 생생하게 떠올랐어. 네가 조기 독립해서 나간 건 작년 초였는데도 말이야. 왼쪽 벽엔 네가 걸어놓은 칠판이 있었고, 그 칠판엔 해독할 수 없는 낙서나 수식이 늘 빼곡히 적혀 있었지. 너는 모든 옷을 작은 옷장에 차곡차곡 정리해 놓았지만, 망토는 늘 바깥에 빼서 걸어놓았지. 창문 바깥에 몰래 충전식 스탠드를 숨겨놓았고, 소등이 된 후에도 너의 수많은 이상하고 흥미로운 프로젝트들을 진행

했어. 그 모든 즐거운 난장판을 옆에서 구경할 수 있는 행운을 누렸단 게 믿기지 않아.

시간이 흐르면 이 방도 새로운 주인을 배정받겠지. 하지만 여긴 네 자리야. 그리고 우리 그룹 애들이 센터에 남아 있는 한 그 사실은 잊히지 않을 거야. 테멜다, 남은 우리는 정말 잘 해낼 수 있을 거야. 그러기 위해 노력할게.

펜시어가

2080. 4. 1.

멜에게

봄이 와서 날이 풀리는 것처럼 내 상태도 조금씩 호전되고 있단 생각이 들어. 오늘 어쩌다 노트를 쓰는데 미르 구역 관련 기사 헤드라인을 봤어. 예전 같았으면 발작적으로 노트를 꺼버렸겠지만, 오늘은 그러지 않았어. 네 이름이 언급된 것도 아니고 헤드라인일 뿐이니까. 그렇게 생각하면서 스스로 진정시키려 했어. 심장이 물리적으로 욱신거리는 느낌은 들었지만 고통을 느낄 정도는 아니었어. 나아지고 있는 거겠지.

며칠 전, 센터에 들러서 그룹 애들을 만난 게 도움이 된 것 같아. 그 애들이 잘 지내고 있는 걸 보면서 계속 지고 있던 짐을 많이 덜었어.

지금 내 방 창문을 열고 고개를 내밀어서 길을 구경하는 중이야. 꽃가루가 만천에 날려서 길에 갈라진 틈마다 노란색이 묻었어. 저 중 얼마가 내년에 꽃을 피우는 데 성공할 건지에 대한 호기심이 들어. 이런 감상적인 생각을 하게 될 줄은 몰랐는데.
네 편지를 닳도록 돌려 읽다보니까 네 생각이 옳았나보다.

펜시어가

2080 . 4 . 7 .

테멜다에게

멜. 프로메트 선생님의 연락을 받고 오늘 센터로 향했어. 조기 독립 신청 이후에 개인적으로 연락을 하시는 건 정말 오랜만이었어. 그리고 오늘 난 선생님의 소개로 오늘 미르 구역 관리위원회에서 일하는 사람을 만났어.

오늘 센터에 가지 말았어야 했어. 선생님께서 날 그렇게 개인적으로 부르셨을 때부터 의심해야 했는데. 지금 내 상태는 너무 엉망진창이야. 어디서부터…… 어디서부터 설명해야 할지도 모르겠어. 제대로 떠올리는 것도 어려워. 기억이 전부 어그러져 있어. 내가 본 게 맞는 건지도 모르겠고 난…… 다 모르겠어 멜.

관리위원회 직원은 프로메트 선생님 응접실에서 날 기다리고 있었어. 처음에 응접실에 들어가서 낯선 얼굴을 봤을 때 상황 파악이 잘 안 됐어. 프로메트 선생님과 홍차나 마시면서 이야기 나눌 걸 기대하면서 왔거든. 근데 갑자기 그 사람이 일어나서 나한테 무척 정중한 태도로 악수를 청했어. 그때 뭔가 잘 못되었다는 생각이 들었어. 그 사람 가슴팍에 익숙한 디자인의 배지가 빛나고 있었거든. 뉴스에서 지겹도록 봤는데 못 알아볼 리가 없지. 미르 구역 관리위원회 배지였어. 멜, 난 지금까지 최대한 미르 구역에 관한 뉴스를 보지 않으려고 갖은 수를 다 써 왔어. 그렇게나 열심히 피하려고 했던 악몽이 직접 찾아올 줄은 몰랐지.

이게 무슨 상황인지 알아차리자마자 온몸이 얼어붙는 것 같았어. 프로메트 선생님이 아신 거야. 내가 미르 구역에 계속 편지를 보내고 있단 걸. 관리위 직원과 이야기까지 다 마쳤을 거란 데 생각이 미치는 순간, 아무 말도 할 수가 없었어. 누가 성대에 잠금쇠를 채운 기분이었어. 그때부터는 그냥 기계처럼 선생님이 이끄는 대로 할 수밖에 없었어. 선생님은 날 남아 있는 응접실 의자에 앉히시고는 본인 자리에 앉으셨어. 그리고…… 그리고 그 관리위 직원이 말을 하기 시작했어.

관리위원회 직원은 입주민은 다 미르 구역을 나오고, 이제는 관리위원회가 관리하고 있다고 설명하기 시작했어. 입주민이 관리하던 시설들은 모조리 다 정리됐대. 주거지역 앞에 있는 화단까지 포함해서.

너한테 나흘 전에 입주민이 관리하는 화단 이야기를 하는 편지를 썼어. 그런데 이젠 나흘 만에 화단을 뒤엎었다는 얘길 들

네. 왜 이래야 되는 거야? 굳이 내가 너에게 그 편지를 쓰고 나서 나에게 그 사실을 알려줄 필요가 있었나? 왜 나를 찾아와서 네가 없다는 사실을 다시 일깨워주는 거야?

그 망할 관리위원회 놈이 내 편지를 보관하고 있었대. 유해 물질 검증이 완료되면 반환해주겠다고 하더라고. 나는 그냥 내 귀를 잘라버리고 싶어. 그 직원이 날 찾아와서 네가 미르 구역에 없다는 사실을 끔찍할 정도로 실감하게 해줬으면서, 내 마지막 마지막 희망까지 꺾어버리려야 했을까? 네가 내 편지를 받고 있다고 착각할 수 있는 순간만이 내가 일상을 유지할 수 있는 이유야. 그런데 이것마저 이렇게까지 뺏어갈 필요가 있어? 그 때 그 직원의 입이라도 틀어막고 그 자리를 나왔어야 했어. 그러지 못하고 그 사람이 주절거리는 헛소리를 다 들어야 했지만 말이야. 네 죽음을 입에 올리면서 격식이나 차리고 있는 구역질 나는 헛소리를. 난 멍청하게 고개를 끄덕이는 것밖에 할 수가 없었어.

그 사람의 말이 끝나고 아무런 말 없이 응접실을 나왔어. 프로메트 선생님이 붙잡으셨던 것 같은데, 눈에 보이는 것과 귀에 들리는 것이 다 뒤죽박죽되어서 선생님이 뭐라고 하셨는지도 제대로 들리지 않았어.

이런 식으로 위안을 얻었던 것 자체가 문제였다는 생각이 들어. 이게 건강하지 않다는 건 진작 알고 있었어. 건강하지 않은 방식이었기 때문에 내 편지를 그 직원이 갖고 있다는 말을 감당하지 못하는 거야. 어쩌면 정말로 그만둘 때가 온 것 같아. 미르 구역에 보낼 편지는 이제 쓰지 못할 것 같아. 나도 잘 모르겠어. 이렇게 중단하는 게 옳은지는 모르겠지만 더 무언가를 마주할 힘이 없어. 끔찍해. 숨을 쉬기 어려울 만큼 끔찍해.

미안해 멜. 진심으로 미안해.

팬시어로부터

◇◇◇◇◇◇◇◇◇◇◇◇◇◇◇◇◇◇◇◇◇◇◇◇◇◇◇◇◇◇◇◇◇◇◇◇◇◇◇

2080. 4. 10.

멜에게

프로메트 선생님께서 계속 홀로행아웃으로 전화를 거셨는데, 한 번도 수락하지 않았어. 난 선생님이 무슨 생각이셨는지 이해하지 못하겠어. 당장은 대화하고 싶지 않아. 끔찍한 기분을 다 잊고 미르 구역으로 보낼 수 있는 편지를 써보려고도 시도했어. 그런데 네가 거기 있는 것처럼 평범하고 일상적인 이야기를 도무지 쓸 수가 없더라.

펜시어가

2080. 4. 22.

멜에게

팀 프로젝트랑 중간시험 준비 때문에 정신없이 살고 있어. 필수 과목 시험은 3학년한테는 크게 중요하진 않지만, 수학은 비중이 꽤 크잖아.

네가 미르에 있었다면 난 너한테 수학 문제 풀이를 물어보는 편지들을 보냈을 수도 있어. 이건 네 지혜를 구할 수 있는 일이니까. 너는 실험이랑 입주민 의무활동 때문에 힘들어도 나한테 답을 열심히 해줬을 거야. 네가 받은 문제를 풀지 않고 넘길 수 있는 성격이 아니기도 하고 말이야. 네 답을 받을 수 없다는 사실이 안타까워.

펜시어가

2080. 4. 28.

멜에게

오늘 소냐가 학교에서 갑자기 네 얘길 꺼냈어. 모르고 있었는
데, 원래 네가 미리 신청했던 미란다 선생님의 수업을 소냐가
듣게 됐대. 네가 미르 구역에 가면서 난 자리라서 그 수업을 들
을 때마다 네가 생각난다는 말을 했어. 나는 쉬는 시간이 끝날
때까지 아무 말도 안 하고 서 있었어. 거기서 내가 어떻게 대답
을 해야 했는지 아직도 잘 모르겠어.

펜시어가

2080. 5. 4.

멜에게

팀 프로젝트를 위한 마지막 인터뷰이가 프로메트 선생님이었
는데, 결국 내가 인터뷰하러 가지 못했어. 우베가 대신 가주겠
다고 해서 다행이었지. 선생님께서 하신 인터뷰 내용은 읽어봤
어. 미르 구역에도 보냈는데. 역시 직접 가지 않은 건 잘한 선택
이었어. 그걸 직접 들었다면 인터뷰를 제대로 끝마치지 못했을
거야.

　선생님 사무실 책상에 아직도 네 아이디 카드가 남아 있겠
지.

펜시어가

2080. 5. 6.

멜에게

중간시험이 끝나고 결과 합산도 다 끝났어, 멜. 이제 한동안은
여유로워.

　오늘은 편지에 쓸 말이 잘 생각나지 않아. 요새 재미없는 이
야기밖에 할 게 없어서. 시험공부를 했고, 시험을 봤지. 이제 결
과가 나오고, 잠깐 쉴 거야. 그게…… 진짜 다인데. 정말 다야.

　나는 계속 네 생각을 하고 있어. 되돌릴 수 없는 시절이기 때
문에 계속 추억하고 곱씹기를 반복하는 건데, 이러다 다 헤져서
원형도 남지 않을까 봐 무서워.

　　　　　　　　　　　　　　　　　　펜시어가

2080. 5. 20.

멜에게

점점 여름이라고 부를 만한 날씨가 되는 것 같아. 이제 창밖에서도 꽃보다는 잎이 더 많이 보여. 내 방 냉방 시스템을 작동할 정도는 아니지만, 가끔 환기 때문에 창문을 열어둘 때는 더위가 느껴져. 시간이 계속 흐르고 있다는 게 자꾸 실감 나. 그런데 왜 모든 게 하나도 나아지지 않는 것처럼 느낄까. 팀 프로젝트도 문제없이 진전되고 있고, 수업도 잘 듣고 있어. 표면상으로는 모든 걸 잘 굴리고 있는데, 요새 부쩍 염려하는 말을 전하는 사람들이 늘어났어.

펜시어가

◇◇◇

2080. 6. 10.

멜에게

네가 남기고 간 유산 중 하나가 센터 도서관에서 사서 선생님들
과 하는 독서클럽이지. 사서 선생님들이 다른 그룹 애들도 몇몇
초대해서 요새 규모가 조금 커졌대. 라타가 전해줬는데, 그 새
로운 부원들은 이 그룹이 누구로부터 시작됐는지 아직 모르고
있대. 그 클럽의 존재가 이어지고 있다는 사실이 참을 수 없이
싫으면서도 안도감이 들어. 네가 남기고 간 것이지만, 네가 이
어가지 못하고 있잖아.

펜시어가

2080. 6. 21.

멜에게

우리 팀이 만든 프로그램을 통해서 발견된 아이들 중 다섯이 우리 센터로 온대. 프로메트 선생님께 연락이 왔어. 그 아이들을 보러 센터로 오라고 말이야. 아까는 확답을 못 드리고 홀로행아웃을 끊어버렸어. 아직 4월에 있었던 일에 대해서도 제대로 이야기를 못 나눈 상태라 대화를 이어나가기도 어색했고.

　당장은 이렇게 회피했어도, 뵈러 가야겠지?

펜시어가

◇◇

2080. 7. 2.

테멜다에게

난 멍청이야 멜. 내가 4월부터 지금까지 도대체 무슨 짓을 한 건지 모르겠다. 아니, 알겠어. 멍청한 짓을 했지. 그리고 구출돼서 센터로 온 아이들을 만나고 나서야 이 멍청한 짓을 그만둘 수 있었어.

나는 널 보내주지 않고 있었어. 팀 프로젝트 주제를 불법 미용시술 업체 관련으로 설정한 것도 너에 대한 미련 때문이었어. 난 그 프로젝트를 하면서 어떻게든 네가 과거에 남겨놓은 것들에 닿고자 했어. 너와 내가 센터에 함께 있을 때 내가 어쩌지 못했던 상처를 보듬고 싶었어. 네 아픔을 덜고 싶었어. 네가 이루고자 한 수많은 일들을 알고 있는 사람으로서, 그중 적어도 하나는 대신해줄 수 있어야 한다고 생각했어. 네가 옆에 있었으면 나무랐겠지. '펜시어! 네가 가고 싶은 길이 뭔지를 생각해!' 뭐 이런, 생전에 네가 했을 법한 말을 하면서.

처음엔 너를 맹목적으로 지표로 삼은 게 맞아. 하지만 한 단계씩 프로그램을 완성해 나가면서 내 의지로 임하게 됐어. 그리고 구출된 아이들 얼굴을 보고 나서야 내가 기획한 이 일이 과거의 슬픔을 달래기 위한 일이 아니라, 앞으로의 슬픔을 줄이기 위한 일이라는 걸 완전히 깨달았어. 이건 앞으로 다가올 미래를 위한 일이야. 프로메트 선생님 응접실에 앉아서 센터를 새로운 집으로 맞을 준비를 하던 그 아이들은 네가 아니지. 우리 프로그램이 구한 아이들은 네가 아니야. 그걸 이제야 바로 보다니. 나 정말 멍청이다, 그렇지?

집에 돌아와서 정말 오랜만에 네 편지를 다시 읽었어. 난 그걸 4월에, 그 관리위 직원을 만난 후 바로 읽어야 했어. 그랬다면 세 달 넘게 이렇게 헛짓거리하진 않았을 거야. 편지쓰기는 한쪽이 수락하지 않아도 보낼 수 있는 속마음이야. 그런데 내가 내 손가락 근육과 시간을 바쳐가면서 편지를 적어놓고 보내지 않으면 그게 편지로서의 의미를 가질 수가 없지…… 내가 그렇게 할 말이 없다는 듯이 모든 걸 짧게 썼던 건 그게 애초에 편지가 아니었기 때문에 그래. 편지 형식만 가져다 쓴 망할 일기야.

나는 아직 편지 쓰는 걸 멈출 수가 없어. 편지를 쓰기 시작한 건 네 죽음을 외면하기 위해서였어. 그건 부정 안 할게. 하지만 이제는 이 편지 쓰기를 제대로 매듭지어야만 내가 외면하던 걸 제대로 마주할 수 있다는 확신이 들어. 네가 미르에 없다는 걸 알아. 그래도, 난 미르로 향하는 편지를 더 쓸 거야. 아주 조금만 더, 네가 미르 구역에 있다고 믿을 거야. 전처럼 네 죽음을 망각한 찰나에만 매달려서 일상을 이어가는 짓을 하겠다는 뜻이 아냐. 어찌 되었든 수신인이 있어야 전할 말을 다 전하고, 제대로 된 정리를 할 수 있으니까. 편지를 쓰는 잠깐만이라도 그러겠다는 거지.

　센터에서부터 학교까지, 네가 특수 차단제로 된 벽 안쪽 공간으로 들어가기 전까지 남긴 흔적들을 최대한 찾아보고 마주할 거야, 테멜다. 지난 4월처럼 끊어내듯이 도망치지 않을게. 온 마음을 다해서 작별할 준비를 할게.

펜시어가

2080. 7. 6.

멜에게

테멜다, 이번에는 우리 그룹 애들도 볼 겸해서 센터에 방문했어. 물론 그 전에 프로메트 선생님과 오래전에 나눴어야 할 이야기를 했어. 선생님이 그날 나에게 아무런 설명 없이 관리위직원을 만나게 했던 일을 사과하셨어. 나도 무작정 연락을 끊은 일에 대해서 사과드렸어. 선생님 책상 귀퉁이에 아직도 네 아이디 카드가 있어. 그걸 봤는데 어떻게 선생님께 더 매정하게 굴수 있겠어.

우리 그룹 호실에 들어가려다가 문 앞에서 튜르를 만났어. 튜르는 자기가 이번에 학년 수석을 했다면서, 내가 너에게 쓰는 편지에 자기 이야기를 적어달라고 했어. 맏이 두 명이 다 그룹에서 일찍 나가버린 상황에서, 튜르가 새 맏이 역할을 정말 잘해줬어. 부끄러울 정도로.

내 인생에서 가장 큰 변화들은 다 어느 정도 너에게 영향을 받아서 일어났어. 조기 독립할 때도 그건 마찬가지였지. 그래도 앞으로는 내가 무언갈 결정할 순간이 다가왔을 때, 이 애들을 좀 더 세심히 신경 쓸 거야.

펜시어가

2080. 7. 8.

멜에게

프로메트 선생님과 홀로행아웃을 했어. 선생님이 나한테 전해 줄 슬픈 소식이 있다고 하셨거든. 그 슬픈 소식이 뭐냐면, 더 이상 네 데이터를 삭제하는 걸 미루기 어렵다는 거였어. 원래대로 라면 한참 전에 네 데이터는 센터 데이터베이스에서 지웠어야 해. 내가 프로메트 선생님께 무리한 부탁을 드려서 유예기간을 받아낸 것뿐이고.

선생님께서 일을 처리하시기 전에 내 기분을 살피려고 해주 신 것만으로도 감사해. 더는 내 사적인 감정으로 선생님의 공적 인 일을 방해하고 싶지도 않고. 그래서 네 데이터가 삭제되어 도 괜찮다고 말씀드렸어. 떼쓰지 않고 받아들이겠다는 거지, 기 분이 괜찮다는 게 아니야. 내가 독립한 상태이기 때문에 네 데 이터가 지워지든 지워지지 않든 체감할 만한 차이는 없겠지만, 그래도 슬프단 말이야. 아무리 발버둥 쳐봐도 눈으로 확인할 수 있는 네 모든 흔적은 지워지고 비물질적인 것만 겨우 남는구나 싶어서.

그래도 보내줘야지 어쩌겠어. 선생님께서도 지금 이 순간까지 고이 보관하고 있는 네 스페어 아이디 카드가 아무 기능 없는 플라스틱 조각이 되는 과정을 받아들이겠다고 선언하신 거나 마찬가지인데. 하물며 나는 네 마지막 흔적이 센터를 떠나는 걸 붙잡아서는 안 되지.

펜시어가

2080. 7. 20.

멜에게

『영혼의 시간축』

'그 둘의 영혼은 직선처럼 우주를 향해 나아갔다.'에 밑줄.

난 결정론자는 아니야. 이 세상이 결정론을 따르더라도 별 신경을 안 쓴다는 표현이 더 정확할까? 어쨌든 난 우회하거나 후퇴하지 않고 내 생을 태워 나아갈 거니까. 죽음이 찾아오더라도 내가 삶의 마지막까지 나아가는 한 영혼은 시간축 위를 무한히 달리고 있겠지. 소설에 나오는 이 둘처럼. 이라고 메모.

정말 너답네. 네 영혼은 분명 무한한 시간축 위를 달리고 있을 거야. 넌 주변 사람들을 다 따돌릴 만큼 빠르게 나아가고 있겠지. 내가 너와 나란히 달릴 수 없을 만큼 빠르게. 그 점을 나무랄 생각은 전혀 없어. 테멜다, 너는 그런 식으로 나아가는 사람이기에 너인 거니까. 넌 정말 다신 없을 사람이고 내가 네 옆에서, 가까이에서 살 수 있는 건 정말 행운이었어.

　　　　　　　　　　　　　　　　　　펜시어가

2080 . 7 . 23 .

테멜다에게

'어머니 혼돈이 작업을 위해 그것을 호출하는 방법은 언제
나 같았다. 지진 세 번에 매서운 칼바람.'까지 밑줄.

　이름에 대해서 흥미로운 아이디어를 제시하는데. 지진 세 번과 바람의
흐름이 누군가의 이름이 될 수 있다니. 이름! 나와 너를 구분하는 틀이여. 타
인에게 받은 선물이여. 이름의 중요성이 모호해지면 나와 타인 사이 경계도
흐릿해질까? 라고 메모.

　글쎄, 널 어떤 이름으로 부를 수 있을까. 태풍? 천둥과 번개?
지진해일? 아침 해? 뭐든 테멜다라는 이름만 못한 것 같아. 난
너와 타인의 경계가 흐릿해지는 건 싫어. 내가 부르고 싶은 건
너라는 존재뿐이고, 널 부를 땐 명확하게 부르고 싶어. 오직 너
를 호명하는 이름으로. 테멜다. 멜. 테, 멜, 다. 네가 더 이상 대답
을 하진 않겠지만, 부르는 건 내 자유지. 목이 쉴 때까지도 부를
수 있어, 테멜다.

펜시어가

2080. 7. 30.

테멜다에게

우베의 자백을 듣고 마음이 복잡해졌어. 36년 전 미르 구역의 사고가 낳은 아픔들 중 하나가 이거지. 불법 생체 시술이 성행하게 되고, 보호자 없는 아이들이 실험체가 된 거. 보육센터에서는 많은 사람들이 같은 아픔을 공유하고 있기에 이게 얼마나 조심스럽게 입에 올려야 하는 일인지 알아. 하지만 센터 바깥에선 공감을 구하기가 너무 어렵지, 테멜다. 정말 너무 어려워.

우베는 초등학교 때 너에게 그런 짓을 한 후로, 네가 전학 가고 나서 나름의 부채감을 지니고 산 모양이야. 그때 잘못을 만회하고자 내가 기획한 프로젝트에 참여한 것 같아. 너에게 간접적으로라도 용서를 구하고 싶은 마음도 있었을 거고. 그러나 걔는 네가 사과도 전할 수 없게 떠났다는 걸 몰랐던 거지. 우리 프로젝트는 결국 과거의 미련에 대해서는 할 수 있는 일이 없고, 최선은 앞으로 살아갈 아이들을 돕는 거라는 걸 말이야.

테멜다, 너는 초연한 사람이야. 땅에 발붙이지 않은 것 같아. 그래서 사람과 사람 간의 일에 감정을 쏟지 않는 것처럼도 보여. 우베를 포함해서 너를 깎아내리려고 기를 썼던 사람들은 모두 다 너의 그런 점 때문에 약 올라 했지. 그래서 처음엔 네가 우베의 일을 나에게 알리지 않은 게, 너의 그런 성격 때문이라고 짐작했어.

그런데 다른 생각이 떠오르더라. 네가 남겨두고 간 『아름다운 눈』이란 책을 얼마 전에 다시 읽었거든. 그 책은 이상하게 군데군데 밑줄 그은 부분이 엄청 많고, 메모가 하나도 없었어. 네가 쌓아놓고 간 몇십 권 되는 책들 중에 네 메모가 하나도 없는 건 그 책뿐이었어. 네가 이 책을 언제 구매했는지 기록을 추적할 수는 없겠지만…… 왜인지 그 시기를 짐작할 수 있겠단 생각이 들었어.

난 처음에 네가 『아름다운 눈』을 읽은 게, 네 개인적인 문제들을 학구적으로 파고드는 버릇의 연장선일 거라고 추측했어. 그런데 그게 아닌 것 같네. 모순적이지만, 넌 무신경한 만큼 사려 깊어. 그래서 어쩌면, 네가 센터 애들이 우베의 말 때문에 부정적 감정을 느끼지 않길 바랐기 때문에 침묵을 지켰을지도 모르겠단 생각이 들어. 애들의 상처를 건드리고 싶지 않아서.

멜. 이런 건 나한테 미리 말해 주지 그랬어. 네가 이미 떠났는데, 뒤늦게 이런 식으로 네가……아무도 모르게 마음을 쏟았다는 걸 깨닫는다면……난 무슨 감정을 느껴야 하는지 모르겠어.

펜시어가

2080. 8. 8.

멜에게

[바이오 실험실 폭발 사망자들의 유품 검증 완료. 9개월 끝에 가족들 품으로]라는 기사를 봤어. 그 헤드라인을 읽었을 때, 마음 안쪽에서 무너져내리는 게 무슨 감정인지 잘 모르겠더라. 안도감이었을까. 아니면 새삼 느끼는 상실감이었을까.

그래도 홀로그램 스캔본이 아닌 네 진짜 편지를 받을 수 있게 된 거니까, 그건 좋아. 붙잡고 버틸 만한 건 네가 남기고 간 책들뿐이었거든. 너의 흔적이 조금씩 돌아오고 있어. 나한테 허락된 건 그 중 아주 조금이지만…… 이러다 끝에는 네가 아무 일 없었다는 듯이 돌아오지 않을까 하는, 말도 안 되는 희망까지 고개를 들어. 그래, 말도 안 되지. 그런데도 아직 어쩔 수가 없나 봐.

펜시어가

멜에게

내가 전에 이야기했던 것처럼 네 흔적을 최대한 마주하기 위해서는, 어제 일은 꼭 넘어야 할 관문이었어. 내가 쓴 편지를 보관하고 있다는 소식을 전한 그 관리위 직원분을 다시 만나는 거. 봄에 나는 그 소식을 전해 듣고 제정신이 아니었지.

봄에는 프로메트 선생님이 나를 센터로 불러 그 사람을 만나게 하셨지만, 이번에는 내가 먼저 선생님을 통해서 만남을 요청했어. 그쪽도 일이 바쁠 텐데 고맙게도 수락해준 거지. 원래대로라면 내 집에 배달되었을 네가 쓴 편지들도 그분이 직접 들고 오시기로 하고.

그분을 만나서 특별한 말을 하고 싶었던 건 아니야. 분노를 쏟아내려 간 것도 아니니까, 염려하지 마. 그 사람을 만나는 것도 내가 꼭 거쳐야 할 대면의 과정이라고 생각했을 뿐이야. 난 그냥, 그 사람에게 네가 말한 편지 쓰기의 낭만에 대해서 설명했어. 네가 받지 못해도 내가 날릴 수 있기 때문에 편지가 낭만을 가지는 거라고. 내 편지가 나에게 다시 날아오는 걸 바라지 않는다고 분명히 밝혔어.

•

네가 보면 뭐라고 할까? 드디어 편지쓰기의 낭만을 좀 이해한 것 같은 날, 뿌듯하게 여길까? 이런 질문들도 답을 얻진 못하겠지. 그래도 이 질문들이 너를 향해서 날아가고 있다는 걸로 마음을 다독여볼게. 미르 구역에 몇 개월 동안 묶여 있던 네 편지가 결국은 배달된 것처럼, 내 편지도 오래 날아가다 수신인에게 닿을 수 있기를 바라.

펜시어가

2080. 8. 14.

멜에게

오늘 센터를 방문한 건 네가 만든 독서클럽 부원들에게 초청을 받았기 때문이기도 하지만, 더 중요한 이유가 있기 때문이었어. 프로메트 선생님과 이야기를 해서, 오늘 네 데이터를 센터 데이터베이스에서 삭제하기로 했거든. 선생님께서는 나한테 널 보낼 기회를 주신 거야. 센터 소속 선생님도 아닌 내가, 삭제 과정을 옆에서 지켜본다는 게 규정에 어긋나지 않을 리가 없는데도 말이야.

센터 도서관에서 하는 독서클럽 모임을 마친 후에, 바로 프로메트 선생님 사무실로 올라갔어. 책상 귀퉁이에는 아직도 네 스페어 아이디 카드가 있었고. 선생님은 데이터가 삭제되어서 그 카드가 기능을 완전히 잃기 전, 30분 동안 나한테 그 카드를 사용할 기회를 주셨어.

내가 할 행동은 명백했지. 난 그 카드로 도서관 뒤쪽 창고로 향하는 문을 열고 나갔어. 그리고 아주 오랜만에, 네가 누워 있기 좋아했던 그 창고를 찾았지. 튀어나와 있는 창틀을 밟고 창고 가장자리 부분을 짚어서 몸을 위로 끌어올렸어. 그리고 창고 위에 드러누웠지.

오랜만에 제대로 보는 하늘이었어. 그러다가 갑자기 너한테 묻고 싶었던 질문이 떠올랐어.

멜, 나는 네가 구름이 떠 있는 파란 하늘을 더 좋아하는지, 별이 총총한 밤하늘을 더 좋아하는지 물어보고 싶었어. 실없지? 그래도 넌 기꺼워하면서 대답했겠지만.

한 20분 정도 그렇게 누워 있다가, 선생님이 내게 주신 시간이 다 되었겠다 싶어 다시 선생님 사무실로 돌아갔어. 선생님은 데이터베이스 설정 창을 스크린으로 띄워놓고 날 기다리고 계셨지. '삭제하시겠습니까?'라는 문자 밑에 '예.'라고 쓰인 네모나고 빨간 아이콘이 깜빡거리고 있었어. 올해 초에 선생님께 네 데이터 삭제 유예를 부탁드리려고 찾아갔을 땐 숨이 턱턱 막히는 느낌이었는데, 이젠 빨간 아이콘을 코앞에서 보는데도 초연한 마음이 들더라.

내가 선생님 옆에 다가서자 선생님께선 내 손을 잡으시고, 크게 숨을 한 번 내쉬시더니 버튼을 누르셨어. 스크린 위로 네 데이터를 삭제하는 과정의 진행률을 볼 수 있는 바가 등장했어.

바는 몇 초 후에 초록색으로 꽉 찼고, 네 데이터가 성공적으로 삭제되었다는 문장이 스크린에 떴어. 그걸로 된 거야. 그걸로 센터에 살면서 네가 도서관이나 호실을 드나들 수 있게 해주던 모든 권한이 삭제된 거야. 원래는 이렇게까지 미뤄서도 안 되는 일이었어. 슬프지 않았으니 염려할 필요 없어. 진작 놓아줬어야 하는 조각을 이제야 놓아주네, 그런 생각만 들었거든.

이렇게 말해놓고 민망하지만, 프로메트 선생님과 나는, 껍데 기만 남았다 해도 네 스페어 아이디 카드는 보관하자는 데 동의 했어. 알아, 네 데이터가 삭제된 마당에 그건 이제 네 이름이 프린트된 플라스틱 직사각형이지. 그래도 원래 네 소유이었음이 명명백백한, 네가 센터에서 지낸 시간을 추억하게 해주는, 그런 물건이니까. 프로메트 선생님과 나를 이해해줘. 네 데이터를 지 운다 해도 선생님과 나에게 넌 잊을 수 없는 사람이야.

팬시어로부터

2080. 9. 3.

멜에게

너를 대면하는 작업은 아직 한창이야, 테멜다. 네가 남겨놓고 간 흔적들을 직접 찾고, 받고, 정리하고 있어. 네 흔적을 찾으면 찾을수록 네가 내 인생에서 얼마나 기적 같은 인연이었는지 점점 더 깨닫고 있는 것 같지만.

　네가 너무 역동적으로 살아온 바람에 할 일이 정말 많아, 테멜다. 학교 선생님들도 네가 남기고 간 흔적들을 나에게 조금씩 나눠주시고 있어. 네가 수업 시간에 공부해서 제출한 모든 자료들을 넘겨주신 미란다 선생님처럼 말이야. 하지만 그런 자료들을 정리하는 건 시작일 뿐이야. 대학 입학을 위한 서류정리는 또 한참 남았지. 온갖 권위 있는 대회들에 정중한 문의를 드리고 실물 상장을 뒤늦게 신청하고 있어. 시간이 꽤 오래 걸리지. 난 그게 정말 기꺼워.

　　　　　　　　　　　　　　　　　　　　　펜시어가

2080. 9. 11.

멜에게

소냐랑 어제 수업 시간에 있었던 일에 대해서 이야기를 좀 했어. 내가 네 방식의 풀이를 이용해서 소냐랑 맞붙었던 문제 풀이 내기에서 이겼던 일 말이야.

내가 한참 네 죽음에서 허우적거리고 있을 때, 소냐가 그런 얘길 한 적이 있었지. 네가 미르 구역으로 들어가는 바람에 난 자리에 본인이 들어오게 되어서, 수업을 들을 때마다 네 생각을 한다고. 난 그때 적절히 대답할 말을 찾지 못했는데, 가을이 되어서야 무슨 말을 해야 했는지 알겠더라고. 소냐는 이 수업에 들어온 것에 대해서 부채감을 느낄 필요가 전혀 없어. 난 자리는 난 자리일 뿐이고, 뺏고 뺏기는 것과 밀고 밀리는 것 따위는 없는걸.

게다가 너의 존재는 이 수업 시간에도 미약하게나마 계속 이어지고 있어. 미란다 선생님은 아마 앞으로도 아주 오랫동안 홀룽한 학생이었던 널 그리워하실 것 같고, 그건 수업을 듣는 애들도 마찬가지야.

아, 멜. 내가 소냐와 내기에서 이겨서 내 풀이를 설명할 때 애들의 표정을 봤어야 했어. 네가 자주 쓰던, 도형을 이용해서 지름길을 찾아내는 방식의 풀이에 대한 설명을, 이번엔 네가 아닌 전혀 다른 사람의 목소리로 들었을 때의 표정을.

펜시어가

2080. 9. 25.

멜에게

내가 남들에게 절대 들키지 않으려던 사실이 하나 있는데 말이
야, 멜. 클레아드 형은 이미 그걸 알고 있더라. 방금도 그 이야기
에 관련된 메시지를 하나 받았어. 형은 나를 열심히 위로하려고
했어. 아타락시아에 돌아가고 나서 오늘까지도 꼬박꼬박 홀로
행아웃이든 메시지든, 열심히 내 상태를 살피려고 하더라. 하지
만 난 위로받고 싶지 않아. 이건 위로받을 감정이 아니니까.

　　형이 저번에 나에게 추천해주고 간 아타락시아의 숙소들을
둘러보고 있어. 정식 독립하고 난 후에 꼭 아타락시아에 가볼
거야. 너는 함께할 수 없겠지만, 그래도.

　　　　　　　　　　　　　　　　　　　　　　　펜시어가

2080. 10. 6.

테멜다에게

우베와 하는 프로젝트가 끝나가, 멜. 프로젝트의 최종 발표도 며칠 앞으로 다가왔어. 네가 우베한테 초등학교 때 당했던 일을 알게 되고, 우리 사이는 좀 서먹해졌어. 그래도 인연이 끊어지지는 않았어. 프로젝트 때문에 계속 만나고, 또 걔는 좀 심심해지면 나한테 연락하는 모양이더라고.

　우리는 너로 연결된 인연이야. 같은 초등학교에 다녔다지만 난 걔랑 반이 달랐고, 네가 없었다면 우린 서로의 존재를 인지하지도 못했을걸. 그래, 연결고리가 너였단 말이야. 그런데 네가 사라졌어.

　우리 관계도 너의 유산 중 하나일까? 난 아직도 우베가 한 짓에 화가 나지만, 우리 관계가 네 유산이라는 생각이 들면 조심스러워. 네가 남긴 거라면 뭐든지 아끼고 싶거든.

　　　　　　　　　　　　　　　　　　　　　펜시어가

◇◇

2080. 10. 20.

멜에게

서서히 끝이 보여 멜. 편지를 처음 시작할 때만 해도 끝을 마주하는 건 상상하고 싶지도 않았어.

아직 네가 선명해. 사람이 떠나면 서서히 잊게 된다고 하던데, 충분한 시간이 흐르지 않은 걸까? 네가 어떤 사람이었는지 하나도 흐릿하지 않게 다 기억나.

넌 찬란하고, 무심하고, 그러면서도 이 낯선 사람이 가득한 세상 속에서 타인을 아껴주는 법을 아는 사람이야. 가장 앞장서서 미지로 나아가는 사람. 하늘을 바라보는 사람. 빛바래지 않는 굳센 선구자. 영원할 것 같았던 사람. 너는 경이로운 사람이야, 테멜다. 그러니 하늘을 향해 고개를 든 너를 바라보게 되는 건, 나한텐 너무 당연한 일이야.

네가 아직 내 옆에 있던 시절에는 언젠가 네가 고개를 돌려

나와 시선을 마주칠 수 있을 거란 기대를 했어. 적어도 가능성은 있던 시절이잖아. 지금은 상황이 다르지. 넌 정말로, 말 그대로 영원히 하늘만을 바라보는 그 모습 그대로 떠났으니까. 그 모습이 빛바래지 않을 거란 걸 알아.

처음에는 그 사실에 심장이 뜯어진 것처럼 괴로워하고 슬퍼했어. 하지만 이젠 그것도 받아들일 수 있어. 아주아주 기꺼이. 그럴 수 있는 법을 배웠어.

펜시어가

멜에게

네가 죽지 않았다면, 넌 내일 미르 구역에서 나왔을 거야. 하지만 이제 그런 일은 일어나지 않음을 잘 알지.

　너는 영원히 2079년 11월 30일 저녁에 멈춰 있는 사람이야. 넌 열여덟이 되지 않았고, 나와 함께 독립할 수 없어. 나는 너와 함께 아타락시아에 가서 클레아드 형을 만날 수 없어.

　테멜다, 너는 내가 일곱 살이었을 때부터 내 삶의 한 부분이었어. 우리는 같은 보육센터 같은 그룹에 배정받은 고아였고, 아침부터 밤까지, 다시 이튿날 아침까지 늘 함께였지. 너는 내가 기억하는 너와 보낸 그 모든 시간 빛나는 사람이었어. 남한테 마음 주지 않는 사람이었고. 가장 앞서서 미지로 나아가는 사람이었어. 나는 그런 점들이 좋았어. 그리고 너는 금방 내 삶의 한 부분보다 더 큰 자리를 차지하는 사람이 됐어.

그렇기 때문에 네가 죽었을 때 나는 나아갈 수가 없었어. 네가 앞으로 나갈 때 나는 너를 좇았어. 네가 멈추면 나도 멈출 수밖에 없었지. 주변 사람들이 다 앞으로 걸어갈 때도, 나는 그 인파에 떠밀려서 너를 두고 가지 않으려고 안간힘을 썼어. 아예 너를 같이 끌고 가려고도 했지. 네가 계속 살아 있는 것처럼.

이제는 아니야 멜.

네가 갔고, 돌아오지 않는다는 사실을 인정할게. 내가 보낸 모든 편지에 처음부터 답장을 기대해서는 안 됐다는 사실도. 그래도 난 널 그리워할 거야. 네 자리를 생각할 거야. 그렇지만 이젠 네가 없음을 인정할게. 잘 가, 멜. 잘 가. 그리고 이제야 말하는 거지만 너를 사랑해, 멜.

사랑해. 너를 사랑해, 테멜다.
그래, 네가 갔음에도 너를 사랑한다고 할 수 있는 건 참.
참 낭만적인 일이야.

너의 펜시어로부터

2079년도의 낭만

* 테멜다가 숙소에 가져갔던 물건 중
  실험실 사고에 휘말려 타버린 노트에서 발췌.

◇◇◇

2079. 11. 8.

내가 이러한 생각을 언제부터 하게 되었는진 모르겠다. 이건 확실히 뿌리를 찾기 어려운 감정이다. 그만큼 자연스럽게 스며들었다가 요 근래에 들어서야 눈에 들어온다는 것은 정말 이상한 일이다.

내가…… 아주 이상할 만큼 선명하게 기억하는 밤이 하나 있다. 그날 나는 취침 시간 이후에 내 방에서 몰래 빠져나와 도서관 창고 지붕으로 올라갔고, 펜시어는 늘 그렇듯 내가 방에서 빠져나가는 것을 보고 몰래 따라 나왔다. 그러나 그날이 여느 날과 다른 점이 있었다면 내가 결국 창고 아래로 내려왔다는 것이다.

창고 근처에는 마땅한 공간이 없어 우리 둘 다 땅바닥에 앉아 있어야 했다. 하늘에는 별이 많았고, 봄 즈음이었으니 밤이 되어도 날씨는 썩 춥지 않았다.

나는 보통 하늘에 눈을 뺏기면 주변에 있는 건 아무것도 보이지 않는다. 그걸 끊임없이 상기시켜주는 내 친구 때문에 잘 알고 있다. 하지만 하늘을 보는 건 사랑할 수밖에 없는 일이지 않은가. 아직 가보지 못한 모든 공간은 오직 고개를 들어서 하늘을 통해서만 볼 수 있고, 아름답고 빛나고 늘 변화하는 것들은 모두 하늘에 있다. 어떻게 고개를 들지 않을 수가 있을까. 그렇지만 내가 그 밤을 선명하게 기억하는 이유는 평소와는 다른 점이 하나 더 있었기 때문이다. 나는 그날 별이나 하늘 같은 걸 제대로 보지도 못했다. 고개는 매일 그랬던 것처럼 위를 향하고 있었지만, 하늘을 보고 있지는 않았다.

왜 그랬던 건지는…… 아직 고민이 필요하다